괜찮아,
나는 나니까

괜찮아,
나는 나니까

성전 스님이 전하는 희망의 토닥임

담앤북스

내가 내게 희망이다

나는 산사에 산다. 산사에 들어 내가 하는 일은 경청하는 일이다. 가만히 귀를 기울이면 바람이 다가와 말을 건넨다. 나는 바람이 건네는 말들을 하나씩 적어 나갔다. 바람이 건넨 말들을 하나씩 적다 보면 마음이 평온해지고 삶의 답들이 보이는 것 같았다. 바람은 내게 시간의 깊은 골을 열어 보여 주었다.

어느 날은 달의 이야기를 들었다. 달의 이야기는 포근하고 부드러웠다. 그래서 부처님께서는 탁발을 나가는 제자들에게 달빛과 같은 얼굴로 나가라고 이르셨나 보다. 보름날 달빛 아래 나가 가만히 달을 바라보며 귀를 기울이면 내 삶의 모든 상처가 스스로 부드럽지 못해서 생긴 것임을 알게 된다. 나의 강강했던 언어와 표정들이 달빛 아래서는 차마 부끄러움이었다.

나는 시간만 나면 숲길을 걷는다. 숲길을 걷다 보면 마음이 상쾌해진다. 그 푸른빛들이 내게 다가와 검게 사라져 가는 생명의 빛들을 일깨운다. 숲의 신선함이 곧 나의 생명의 즐거움이 된다.

숲은 아주 오래된 언어들을 가지고 있다. 그러나 그것은 그 숲의 색만큼이나 신선하다. 오래되었으나 신선한 숲의 언어들은 그래서 더욱 매력적이다. 나는 숲의 언어 속에서 삶의 모든 시간들은 언제나 처음이라는 것을 배웠다. 후회나 좌절이 얼마나 보잘것없는 것들인지 숲은 그 신선함으로 일깨워 주었다.

나는 늘 글을 써 왔다. 그러나 나는 글을 썼으나 쓰지 않았다고 말하는 편이 맞을지도 모른다. 나는 그냥 바람이 달빛이 숲이 혹은 햇살이 전하는 말을 듣고 옮겼을 뿐이다. 그런 의미에서 나의 글은 창작이 아닐지도 모른다. 그리고 그것은 현실적인 것이 아닐지도 모른다. 하지만 한 가지 분명한 것은 그것은 모두 아름다운 길을 가지고 있다는 것이다. 그것은 희망이기도 하고 이상이기도 하고 또한 진리이기도 하다. 살면서 이것보다 더 중요한 의미를 가지는 말들이 있다고는 생각하지 않는다.

사람들은 누구나 현실을 산다. 그것도 현실에 매몰되어 살아가고 있다. 그것은 살아도 살았다고 말할 수 없는 것이다. 적어도 산다는 것은 매몰되지 않는 삶을 말한다. 상처 속에서도 회복을 꿈꾸고, 어려움 속에서도 내일을 믿으며, 절망 속에서도 희망을 짓는 삶을 매몰되지 않은 삶이라고 말한다. 아름다움에 대한 좌표를 잃지 않고 살아가는 사람들이 나는 그렇게 살아간다고 믿는다.

어두운 밤길을 가기 위해서는 별을 보아야 한다. 그것도 가장 빛나는 북극성을. 우리들 인생에도 진리는 북극성처럼 빛나고 있다. 그러나 우리는 그 진리를 보는 데 서툴다. 그래서 길을 잃고 방황하고 아파하다 쓰러진다. 그러나 아파하지 마라. 쓰러지지도 마라. 길은 언제나 열려 있다. 내가 내게 희망이라는 사실을 잊지 않는 사람은 언제나 희망을 잃지 않는다. 다시 나를 일으켜 세우는 힘이 있다. 땅에서 넘어진 자가 다시 땅을 짚고 일어서듯이 우리는 우리 자신을 짚고 다시 일어서야만 앞으로 나아갈 수 있다.

산사는 언제나 길의 끝에 있다. 나는 이곳에서 끝이 언제나 끝이 아니라는 것을 알았다. 끝이 언제나 새로운 길의 시작이라는 사실은 내게 새로운 길을 향해 걸음을 걷게 했다. 일어나자. 그리고 다시 걷자. 그래서 나는 날마다 새로운 길 위에 서서 희망을 발견하는 사람으로 남는다.

오늘도 바람이 햇살이 도량을 조용히 거닌다. 그리고 그 속에 다시 내가 있다.

남해 염불암에서

성전

목차

1장
괜찮아, 나는 나니까

나는 나니까, 라는 말은 내가 내 삶의 주인이라는 말입니다. 인생의 주인으로 사는
사람들은 혼자 있어도 즐겁습니다. 외부의 평가에도 중심을 잃지 않습니다.

2장
지금 후회 없이

사랑하십시오. 수천 생을 반복한다 해도 지금 사랑하는 사람을 다시 만나기는 어렵습니다.
그러니 지금 후회 없이 사랑하십시오. 사랑할 시간이 그리 많지 않습니다.

3장
월요병을 퇴치하려면

생각을 바꾸는 연습을 해 보십시오. '내게 월요일의 무거움이 있다는 것은 직장이
있다는 것이고, 또 만날 사람들이 있다'고. 그러면 웃으며 월요일을 맞을 수 있습니다.

4장
지나간 것은 지나간 대로

그냥 놔두는 것이 좋습니다. 한번 흘러간 물에 두 번 발을 담글 수 없듯이
우리는 두 번 다시 그 시간대에 설 수 없기 때문입니다.

1장

괜찮아,
나는 나니까

나는 나니까, 라는 말은 내가 내 삶의 주인이라는 말입니다.

인생의 주인으로 사는 사람들은 혼자 있어도 즐겁습니다.

외부의 평가에도 중심을 잃지 않습니다.

겨울볕 속에도 봄볕은 숨어 있다

겨울인데도 볕이 따뜻합니다. 마치 봄볕인 것만 같습니다. 겨울볕 속에 숨어 있는 봄볕이라 더욱 반갑습니다. 가만히 눈을 감고 서 있으면 꽃이 피어나는 것이 느껴지는 것 같습니다. 지난주만 해도 많이 추워서 겹겹이 옷을 입고도 웅크리고 살았는데 오늘은 이렇게 이 볕 한 줌에도 추위를 잊게 됩니다.

겨울 속에서 따뜻한 날들은 마치 선물과도 같습니다. 선물은 받고 기뻐해야 가치가 있는 법입니다. 나는 산을 내려가 섬진강을 향해 차를 달렸습니다. 창문을 열고 바람의 결을 느꼈습니다. 차지 않고 부드러웠습니다. 나는 하늘의 선물을 기쁜 마음으로 즐겼습니다.

볕 한 줌에도 행복해지는 이 마음이란 얼마나 소박한 것인가요. 하지만 우리는 이 마음에 너무 많은 것을 쌓아 두며 살아가고 있습니다. 마음이란 본시 비우기를 좋아하는데 우린 잊지 못하고 쌓으며 살아가고 있습니다. 마음의 본성과는 다르게 살아가는 것입니다.

마음의 본성을 위배하면 삶은 괴로워지는 법입니다. 그때가 지나면 시련도 고통도 미움까지도 다 잊어버려야만 합니다. 한번 잊을 때마다 우리는 성숙해집니다. 미움을 잊어야 용서를 만나고, 분노를 잊어야 평화를 만나고, 시련을 잊어야 새로운 탄생을 만납니다.

봄볕 같은 겨울볕 아래서 나는 추위를 잊고 겨울을 잊습니다. 차를 몰고 달리는 길에 섬진강이 함께 따라옵니다. 언제나 만나도 반가운 누이 같은 저 섬진강은 바다에 이르러 비로소 어머니가 될 것입니다. 한맛의 평등한 바다에서 섬진강은 자신이 달려온 물길의 노고를 잊을 것입니다. 그리고 자신의 이름마저도 기꺼이 버리고 바다가 될 것입니다. 세상의 모든 강은 흐르면서 비로소 성숙해집니다. 시련을 기꺼이 받아들이고 새롭게 바다로 태어나는 저

강의 흐름이 아름다운 것은 성숙의 의미를 내포하고 있기 때문인
지도 모릅니다.

　섬진강을 달리다 악양 평사리 최 참판댁 근처 주차장에 차를
세웠습니다. 얕은 언덕길을 학생들이 재잘거리며 내려왔습니다.
예쁩니다. 그 재잘거림이 마치 봄볕같이 따뜻합니다. 어깨동무를
하기도 하고 손을 잡기도 한 채 희희낙락 웃으며 내려가는 그 모
습이 내 눈길을 놓아주지 않습니다. 아마도 봄볕을 형상화한다면
꽃이거나 저런 아이들 모습이겠지, 하는 생각이 들었습니다.

　박경리도 떠나고 최 참판도 떠난 집에서 그들이 만난 것은 무
엇일까요. 그것은 부재不在의 슬픔이 아니라 호기심과 경탄일 것
입니다. 사진을 찍고 바라봄으로써 그들은 과거를 기쁘게 재생합
니다. 그리고 재미있는 소설 한 페이지를 넘기듯이 이 순간을 넘
길 것입니다. 겨울이 지나면 꽃이 찾아와 봄을 알려 주듯이 최 참
판이 떠나고 박경리가 떠난 자리에 꽃처럼 예쁜 아이들이 찾아왔

습니다. 그것은 부재를 이긴 또 다른 생명들의 피어남입니다.

나는 최 참판댁 뒤 공터에 자리한 벤치에 앉아 볕을 쬐었습니다. 따뜻합니다. 내가 살아온 시간 속에도 지금 내가 살고 있고 앞으로 또 살아갈 시간 속에도 반드시 시련은 있을 것입니다. 하지만 겨울볕 속에도 봄볕이 숨어 있듯 시련 속에도 어찌 희망이 숨어 있지 않겠습니까. 진정 두려운 것은 시련이 아니라 시련 속에서 희망을 보지 못하는 것입니다. 기억해야 합니다. 모든 것은 지나가고, 지나가면 잊히고, 그리고 그 잊힌 자리에는 새로운 것들이 다시 찾아온다는 것을.

어느 날 우연히 텔레비전에서 어느 가수가 하는 이야기를 들었습니다. 그는 "팬들의 성원에 인간답게 잘 사는 것으로 보답하겠다"고 말했습니다. 그것은 적어도 내게는 특이한 답변으로 들렸습니다. '인간답게 잘 살겠다'는 말에 귀가 끌려 나는 그의 이어지는 말을 경청했습니다. 그는 얼굴 신경에 염증이 생겨 안면이 마비되고 그것이 청각에 영향을 주어 가수를 은퇴하려고 했습니다. 하지만 지금은 완전하지는 않지만 많이 좋아져 노래를 부르고 있다고 했습니다. 아직도 안면 마비가 완전히 나은 것은 아니라고 했습니다. 나는 비로소 그의 '인간답게 잘 살겠다'는 말의 의미를 알 수 있었습니다. 그는 아픔을 잊고 새롭게 태어난 것입니다. 새롭게 태어난 삶의 소중함을 그는 그렇게 말했던 것입니다. 인간답게 잘 살겠다는 그의 한마디는 며칠 내 곁을 떠나지 않고 나를 돌아보게 했습니다.

가슴을 울리는 말은 진실의 힘이 있습니다. 그것은 삶을 멈추게 하고 돌아보게 합니다. 그래서 희망을 보게 합니다. 중국 당나라 때의 선승禪僧 황벽 희운은 이렇게 말했습니다. "번뇌를 멀리 벗어나는 일이 예삿일이 아니니 화두를 단단히 잡고 한바탕 공부를 지어 가라. 추위가 한번 뼈에 사무치지 않으면 어찌 코를 찌르는 매화 향기를 얻을 수 있으랴." 매화 향기는 매화를 떠나 있는 것이 아닙니다. 시련과 향기는 매화의 한 몸에 함께 있었던 것입니다. 매화는 추위라는 시련 속에서도 향기라는 희망을 보았던 것입니다. 매화는 향기로 추위를 잊었고 추위를 잊음으로 다시 향기를 만났던 것입니다.

벤치에 앉아 나는 겨울볕 속에 숨어 있는 봄볕을 만났습니다. 대숲에 바람이 일자 햇살이 사사삭 떨어져 내렸습니다.

절로 돌아가는 길

절로 돌아가기 위해 서울에서 아침 첫 비행기를 탔습니다. 김포공항을 출발한 비행기는 사천공항에 여덟 시쯤 도착했습니다. 사천공항 주변 주차장에 세워 둔 승합차를 끌고 남해섬에 자리한 절을 향해 출발했습니다.

사천 시내를 벗어나자 바다가 펼쳐졌습니다. 아침 햇살을 가득 머금은 바다. 바다가 온통 은처럼 빛났습니다. 햇살을 머금은 아침 바다를 만날 때마다 나는 알 수 없는 기쁨에 설렙니다. 이 한량없는 아침 바다의 가치는 느끼는 사람의 것입니다. 느끼지 못한다면 그는 아침 바다 앞에서 그냥 초라한 이방인일 뿐입니다. 나는 언제나 느낌의 부자입니다. 소유한 것은 적지만 많은 것을 느끼고 행복해할 수 있는 자신의 감성이 때로 고맙기만 합니다. 느낌은 소유의 빈곤을 씻어 주고, 초라한 존재의 가치를 아름답게 빛나게 해 줍니다. 아침 바다가 내게 일깨워 준 느낌의 교훈입니다.

절로 돌아가면서 이제는 바다가 내 삶의 풍경이 되어 버린 것 같은 느낌이 들었습니다. 차창을 스치며 지나는 바다를 바라보며 나는 바다의 끝없는 넓이 속에서 우리들의 삶이 얼마나 작은가를 볼 수 있게 되었습니다. 팔 년 동안 바다는 나의 내면으로 들어와 내 안을 자꾸만 넓혀 주었던 것입니다. 바다는 내 안의 이기利己와 집착執着을 몰아내고 푸르고 넓은 물결로 일렁이며 좁은 마음의 벽을 조금씩 허물고 있습니다. 바다가 나를 씻어 주는 그 길을 돌아 절로 돌아가면 부처님의 미소가 더욱 빛나 보이고는 했습니다. 아마도 내 마음이 그만큼 맑아졌기 때문일 것입니다.

팔 년 전 남해섬에 자리한 용문사에 처음 올 때도 바다를 만났습니다. 그때 바다는 화사한 벚꽃을 동무들처럼 곁에 두고 있었습니다. 남해대교를 지나는 길에 바람에 날리던 그 꽃잎들. 그 꽃잎의 낙화를 안은 바다를 보며 나는 눈을 감았습니다. 너무 아름다운 풍경은 눈으로 보는 것이 아니라 가슴으로 봐야만 할 것 같았

내가 내 삶의 주인입니다

기 때문입니다. 풍경은 오히려 눈보다 가슴속에서 더욱 멋지게 그려지는 것만 같았습니다. 남해대교를 지나 바닷가 마을에 차를 세우고 나는 바다를 향해 흩날리는 벚꽃 잎들을 바라보았습니다. 그리고 이렇게 멋진 길을 거느린 절이 내가 앞으로 살게 될 절이라는 사실이 행복으로 다가왔습니다.

나는 사람들에게 가끔 '절'에 대해서 말합니다. 절이란 부처님이 자리한 도량만이 아니라 절을 찾아가는 그 길까지도 포함한다고. 나에게 절을 향해 난 길은 곧 절을 의미했습니다. 그러므로 절을 찾아가는 사람은 그 출발부터 순례자의 마음을 지녀야 한다고 나는 말하곤 합니다. 용문사가 남해섬의 어디에 자리한 줄도 모르면서 나는 가는 길의 아름다움만으로도 그 절을 아름답게 느낄 수 있었습니다.

절로 가는 길이 아름다워야 절이 아름답듯 우리들 인생 역시 과정이 아름다워야 아름다운 인생이라 말할 수 있습니다. 결과만을 추구한다면 우리가 살아야 할 이유가 사라지게 됩니다. 우리들 인생의 가장 명확한 결과는 죽음이기 때문입니다. 과정이 중요한 의미를 갖는 것이 우리들의 인생입니다. 이것은 매 순간 적용되는 인생의 법칙이기도 합니다. 성급하게 결과를 탐하기보다는 꾸준하게 과정을 실천해 나가는 것이 필요한 이유입니다. 진정 행복한 사람은 돈으로 많은 것을 할 수 있는 사람보다 스스로 많은 것을 할 수 있는 사람인지도 모릅니다. 돈에 의지하지 않고 스스로 많은 것을 해 나가는 사람은 과정의 아름다움을 발견해 내는 사람이기 때문입니다.

　나는 절보다 절을 찾아가는 길을 더 좋아합니다. 웅장하고 큰 절보다는 길고 아름다운 길을 거느린 작은 절을 무척 좋아합니다. 절을 향해 난 길에 대한 사랑이 내게는 있습니다. 절을 향해 난 길을 걷다 보면 바위 같던 마음의 무게가 사라지는 것을 느낍니다. 새털같이 가벼운 마음의 길, 나는 절로 돌아가는 길을 이렇게 명명하고 싶습니다.

언젠가 서산 부석사로 돌아갈 때도 그랬습니다. 그때는 눈이 펑펑 내리고 있었습니다. 눈이 발등을 덮는 길을 나는 걸망을 메고 걸었습니다. 가로등 불빛을 따라 순하게 내리던 눈. 나는 한 발한 발 걸으며 내가 걸어온 발자국을 뒤돌아보았습니다. 발자국도 눈처럼 그렇게 순하게 찍혀 있었습니다. 가다가 서서 숨을 깊이 내쉬면 뽀얀 입김이 가로등 불빛을 따라 날리는 것이 보였습니다. 길은 멀고 눈은 점점 쌓여 갔지만 마음은 걸을수록 가벼워만졌습니다. 걷고 또 걸어도 좋았던 그 눈길이 아직 내 기억 속에 선명합니다.

우리 모두는 얼마나 행복한 길을 걷고 있을까요. 나는 절로 돌아가는 길 위에서 행복합니다. 이 길 위에서 나는 생각합니다. 인생은 언제나 과정이고 우리들 고통의 원인은 사건이나 상황에 있는 것이 아니라 그것을 지각하고 해석하는 우리들의 방식에 있

다고. 마음을 바꿀 수 있다면 언제나 우리는 행복한 길을 걸을 수
있다는 믿음이 내게는 있습니다. 나는 세상 사람 모두가 자신의
길 위에서 행복하기를 기도합니다. 내게 절로 돌아가는 길은 행복
으로 돌아가는 길입니다. 절로 돌아가는 길, 아침 바다가 세상을
향해 온통 행복을 뿌릴 듯이 빛나고 있었습니다.

'지금 여기'를 산다는 것

　　문을 열면 산이 목전이고 귀를 기울이면 새의 낭랑한 노랫소리가 들립니다. 새벽에 일어나 법당을 향할 때면 박명薄明을 밟고 다가서는 먼 산과 하늘을 향해 먼저 합장合掌합니다. 숲과 바람과 달빛이 은성殷盛한 곳에서 나는 새로운 친구들을 위해 새로운 소통의 언어에 주목합니다. 그것은 경청과 주시입니다. 경청과 주시는 때로 적정寂靜한 산중에서 새로운 친구들을 만나는 좋은 수단이 되기도 합니다.

　　지난 음력 보름은 달이 매우 밝았습니다. 나는 잠들지 못하고 하늘을 향해 난 쪽마루에 앉아 밤늦도록 달빛을 바라보았습니다. 달빛이 얼마나 은성하게 쏟아지던지, 그 빛을 따라 걸어가면 곧 달에 이를 수 있을 것만 같았습니다. 가슴에 달빛처럼 고운 흥興이 일어났습니다. 손을 뻗어 달빛을 잡고만 싶었습니다. 허공을 향해 뻗은 내 손길은 마치 달빛을 향한 춤사위와도 같았습니다. 피식 웃음이 났습니다. 형상이 아닌 것을 잡으려 하다니. 술에 취해 달을 잡으려 물속으로 뛰어든 이태백李太白 가슴의 물결을 알 것만 같았습니다.

달빛에 취해 나는 달빛 흥취興趣를 노래했습니다. "달빛을 부으리. 심장에 부으리. 어둠은 빛이 되고, 고독은 찬란한 축복이 되리. 어둠 속에서는 몰랐던 너, 달빛 아래서는 나임을 알겠네. 삶이 힘들다고 말하지 말게. 보름이 되면 이렇게 가피加被처럼 심장에 달빛 가득 차는 것을. 그 어느 날 우리 배고프다 한탄하리오."

달빛을 한참 바라보고 있으니 마음의 피안彼岸에 이를 것만 같았습니다. 마음의 피안이 이토록 가까이 보인 적이 있었던가. 피안은 달빛이 이르는 곳곳마다 꽃잎처럼 열리는 것만 같았습니다. 달빛 하나에도 만나게 되는 피안을 나는 얼마나 찾아 헤매었던가. 어리석음이었습니다. 순간순간을 살면 되는 것을 한평생을 산다고 생각하고 살아가기에 달빛 속에서 피안을 발견하지 못했던 것입니다. 한평생을 사는 사람에게 삶은 바위처럼 무거운 것이 되지만 한평생을 한순간처럼 사는 사람에게 삶은 달빛처럼 아름다운 것이 되어 다가오는 것을 나는 보름의 달빛 아래서 알 것만 같았습니다. 순간 달빛은 아름다운 스승이었습니다.

　티베트에 사는 노구老軀의 스님이 겨울날 히말라야를 넘어 인도에 도착했습니다. 사람들은 놀라서 노스님에게 물었습니다. 어떻게 그 무서운 히말라야 산맥을 넘어왔느냐고. 스님은 덤덤하게 말했습니다. "그냥 한 걸음 한 걸음 걸어서 왔지요." 놀라서 물어본 사람들에게 히말라야는 수만 걸음에도 넘기 어려운 것이었지만 스님에게 히말라야는 한 걸음의 산일 뿐이었습니다. 그에게 한 걸음 한 걸음은 전부였으니까요. 그는 산을 넘겠다는 생각이 아니라 한 걸음 한 걸음에 집중함으로써 히말라야를 넘을 수 있었던 것입니다.

　아침마다 산 정상에 오르면서 그 티베트 노스님 이야기를 떠올립니다. 그리고 숨이 차고 멈추고 싶은 순간이 찾아올 때마다 노스님의 한 걸음을 기억합니다. 정상을 잊어버리고 한 걸음에 집중하십시오. 정상까지의 거리는 멀지만 한 걸음의 거리는 너무나 가깝지 않습니까. 거리의 멂에 지쳤던 마음이 한 걸음의 짧은 거리에 가벼워지는 것을 느낍니다. 한 걸음 한 걸음에 집중하는 순간 정상도 한 걸음의 거리라는 것을 깨닫게 됩니다.

사는 것도 마찬가지입니다. 지금 여기의 삶에 충실하게 되면 사는 것이 한결 가벼워집니다. 우리의 삶이 무거운 것은 우리의 삶이 지금 여기를 벗어나 과거나 미래에 가 있기 때문입니다. 과거를 돌아보면 회한만 가득하고 미래를 생각하면 두려움만 가득한 것이 인생입니다.

어느 날 저녁 한 남자분을 만났습니다. 자기는 미래의 걱정이 너무 많아서 고통스럽다고 했습니다. 미래를 안정적으로 살아갈 수 있을지도 불안하다고 했습니다. 그는 지금 안정된 직장을 가지고 있는 사람입니다. 그럼에도 그는 미래에 대한 두려움으로 고통스러워하는 겁니다. 우리 모두는 어쩌면 그와 같은 고민을 하는지도 모릅니다. 하지만 그것은 지혜롭지 못합니다. 과거는 이미 지나갔고, 미래는 아직 오지 않은 것이기 때문입니다. 준비하는 것은 좋지만 걱정하는 것은 나쁜 일입니다. 그것은 우리의 생각이 창조한 고통이기 때문입니다.

우리의 고통 중에는 실재하는 고통도 있지만 생각이 빚어낸 고통도 많습니다. 대다수 사람은 자신의 생각이 창조한 고통에 갇혀 살아가고 있습니다. 미래에 대한 걱정, 나보다 잘난 사람에 대한 질투 등은 모두 생각이 창조한 고통입니다. 이것들은 실재하는 고통이 아닙니다. 그것들은 거짓 고통일 뿐입니다. 거짓 고통은 과거나 미래에 근거해 있습니다. 나는 그에게 실재하는 고통과 거짓 고통에 대해 말해 주고 거짓 고통은 버리라고 했습니다.

달빛은 그냥 마음을 비우고 보아야 감동으로 다가옵니다. 걱정을 잔뜩 안고 바라보면 달빛조차도 무거울 뿐입니다. 달빛에 어디 무게가 있겠습니까. 우리들의 걱정이 무게 없는 달빛에 무게를 더 얹을 뿐입니다. 지금 여기를 온 마음으로 사는 사람에게 달빛은 피안으로 다가옵니다. 달빛조차도 피안인 삶을 만나고 싶다면 '지금 여기'를 살 일입니다.

이심전심의 도리

거사님 두 분과 보살님 한 분, 이렇게 세 분이 오셨습니다. 나는 팽주가 되어 차를 따랐습니다. 처음 만나는 사람들 사이의 어색한 침묵. 그 침묵 위로 차 따르는 소리가 폭포처럼 쏟아져 내렸습니다.

마침내 한 거사님이 입을 열었습니다. "스님 한 말씀 해 주이소." 나는 못 들은 척 차만 내렸습니다. 그러자 옆에 있는 거사님이 친구에게 말했습니다. "니, 못 들었나. 스님께서 얼마나 깊은 반야 설법을 하셨는데."

순간 나는 픽, 하고 웃었습니다. 차 떼고 포 떼는 그들의 대화가 너무 재미있었습니다. 거사님 친구는 수보리 존자가 바위에 앉아 참선하는 모습을 보고 "반야 법문을 잘 들었다"고 말한 제석천과 닮았습니다.

그들이 일어나 갈 때도 나는 그들에게 일어나 잘 가라고 인사하지 않았습니다. 그냥 찻잔을 들고 가만히 웃어만 주었습니다.

제석천을 닮은 거사님 친구는 염화미소의 가섭처럼 내게 미소를 주었습니다. 마치 자기도 알 건 다 안다는 표정이었습니다.

이심전심의 도리가 미소 속에서 다 이루어진 셈입니다. 멋진 신도님입니다. 할 말 없을 때는 차만 따라도 다 이해해 주는 신도님. 이런 신도님을 이름하여 나는 선지식 신도라고 부르기로 했습니다. 이런 신도님이 계신 한 나는 언제나 행복한 스님입니다. 센스 만점의 신도님이여 영원하라.

천지가 반찬이여

오랜만에 도반 스님을 찾아갔습니다. 올라가기 전에 공양을 할 수 있느냐고 물었습니다. 공양주를 두고 살 만한 처지의 암자가 아니기 때문입니다. 할 수 있다는 스님의 대답은 의외였습니다. 암자에 올라가자 스님은 어머니가 와 계신다고 말했습니다. 암자의 공양주는 스님의 노모였던 것입니다. 스님이 노모를 모시게 된 사연은 간단했습니다. 노모께서 죽기 전에 스님과 한번 살고 싶다는 그 청을 거절하지 못해서였습니다.

올해 여든셋의 노모는 건강해 보였습니다. "조금만 더 기다리시여이" 하는 노모의 음성이 정다웠습니다. 스님과 담소를 잠깐 하는 동안 노모는 멋진 비빔밥 상을 차려 놓고 우리를 불렀습니다. 온갖 산 야채로 차려진 밥상은 경이로운 것이었습니다. 민들레 고수 머위 취나물 방아가루 등등 족히 열 가지는 되어 보이는 야채들이 색색을 뽐내고 있었습니다. 밥은 조금 야채는 듬뿍 넣고 고추장을 넣어 비비는 사이 노모는 참 멋진 말씀을 던지셨습니다. "천지가 반찬이여." 그 말을 듣는 순간 천지가 '어디서나'라는 의미보다는 하늘과 땅의 의미로 다가오는 것이었습니다. 그래서 노모의 지나가는 말에 나는 대거리를 했습니다. "하늘과 땅을 반찬 삼아 먹었으니 난 대장부로 다시 태어났스라이."

노모는 비빔밥이 매운지 식사를 잘 하지 못했습니다. 그러자 스님이 노모의 매운 밥은 덜어 자신의 밥그릇에 담고 노모의 밥그릇에는 맨밥을 넣어 주며 잇몸이 물러져 매운 것을 못 드신다고 말했습니다. "늙어서 그라요." 노모의 말끝에 스님은 다시 말했습니다. "그 몸 팔십 년 이상 썼으니 늙는 것이 당연하고 늙었으니 물러지는 것 역시 당연하지요. 늙어도 안 늙고 지나치게 젊어 보이면 나는 오히려 그것이 징그럽데." 노모와 아들 스님의 대화는 고추장 이상의 맛깔스러운 밥상의 양념이었습니다.

산속의 인적 드문 작은 암자. 부처님도 노모와 아들 스님의 저런 대화를 들으시면 심심치 않겠다는 생각이 들었습니다. 햇살

따뜻한 봄날 산길을 내려오며 나는 다시 노모의 말씀을 떠올렸습니다. "천지가 반찬이여."

괜찮아, 나는 나니까

바람처럼 가볍게 살면

아침 포행을 하고 오다 사천왕각 앞에
서 우리 절 비구니 스님과 마주쳤습니다. 비구니 스님이 "참 좋으
시죠" 하고 물었습니다. 나는 "너무 좋다"고 답했습니다. 그리고
이어 말했습니다. "만약 나이가 들어 걷지 못하게 된다면 얼마나
섭섭할까요?" 비구니 스님이 말했습니다. "받아들여야죠" 하고.

오지도 않은 미래를 걱정하다니. 난 자신을 향해 쯧쯧 혀를
찼습니다. 지금 나는 여기 있을 뿐입니다. 미래에 대한 근심은 탐
욕일 뿐입니다. 내 삶의 시간은 지금, 내 삶의 장소는 여기. 이렇
게 바람처럼 가볍게 살면 노후에 걷지 못할 일을 걱정할 이유가
없습니다.

산중에 사는 즐거움

산중에 사는 내게 누군가 요즘 삶의 즐거움을 묻는다면 날마다 매화를 만나는 것이라고 말하리라. 누군가 내게 산중에서 무엇을 하고 사느냐고 묻는다면 지우고 지워 별처럼 반짝이는 마음을 만들며 살고 있다고 말하리라. 누군가 산중에서 선물할 것이 무엇이 있느냐고 묻는다면 달빛과 달빛 아래 피어 있는 꽃들과 하루를 말해도 다 말할 수 없는 많은 것들이 있다고 말하리라. 누군가 내게 외롭지 않느냐고 묻는다면 외로움도 기쁨 곁에 있는 친구라는 것을 산중의 달빛 밝은 밤에는 깨닫게 된다고 말하리라. 누군가 내게 마지막으로 산에 사는 이유를 묻는다면 그냥 좋아서 산다고 말하리라.

누군가 내게
외롭지 않느냐고 묻는다면
외로움도 기쁨 곁에 있는
친구라는 것을
산중의 달빛 밝은 밤에는
깨닫게 된다고 말하리라.

●

세상에서 가장 소중한 가치

노구의 스님이 강의를 하십니다. 글이 보이지 않자 젊은 스님에게 글을 새겨 달라고 부탁하십니다. 그래도 강의는 멈추지 않고 계속됩니다. 스님은 일생 가장 큰 후회가 시간을 낭비한 것이라고 했습니다. 제가 보기엔 경을 외운 시간만 계산하더라도 스님에겐 낭비한 시간이 없었을 것 같은데 말입니다.

시간이 세상에서 가장 소중한 가치임을 아는 사람들에게 무료, 권태, 방일은 죄악이 됩니다. 모든 것을 이루기에 인생은 너무 짧다는 것을, 생을 진정 사랑하며 사는 사람들은 알고 있습니다. 불교적으로 발원이 없는 사람에게 시간은 너무 길고 발원이 지극한 사람에게 시간은 너무 짧은 것입니다.

●

명자꽃의 추억

　　　　　　　명자나무 꽃이 피었습니다. 어릴 적
우리 동네 명자는 못생겼지만 우리 절 화단에 핀 명자꽃은 은은한
어여쁨이 있습니다. 명자꽃을 보고 있으면 밀크 초콜릿 한입 물고
있는 것 같습니다. 흔한 이름이라고 놀려 댔던 우리 동네 명자. 명
자꽃 앞에 서니 우리 동네 명자에게도 명자꽃처럼 부드러운 어여
쁨이 있었다는 것을 알 것 같습니다. 이름이 흔하다고 명자의 은
은한 어여쁨을 몰라봤던 나는 바보입니다.

　　잘났다고 예쁜 것 아니고 귀하다고 아름다운 것 아닌데 사람
은 못 보고 이름만 보았던 어리석음이 명자꽃 앞에서 부끄럽습니
다. 우리 절에 명자꽃이 피었습니다. 그 곁에 우리 동네 명자도 예
쁘게 피었습니다.

수행자의 치매 예방법

요즘 삼사십 대에도 치매 환자가 있다고 합니다. 스마트폰 하나로 모든 것을 해결할 수 있으니 무엇을 외워야 할 필요가 없어진 것이 원인 중 하나라고 합니다. 엄지손가락은 엄청 빨라지지만 정작 뇌의 기능은 자꾸만 느려져 가는 겁니다. 엄지가 빠른 것보다는 뇌의 기능이 활발한 것이 행복한 삶을 위해 더 좋지 않을까요.

여러분은 사랑하는 사람들의 전화번호를 몇 개나 외우고 있나요. 아마 단축키 번호나 외울 정도지 번호 전부를 외우는 경우는 드물 것입니다. 어느 날 사랑하는 사람들이 '내 전화번호 알아?' 하고 묻는다면 많이 당황하지 않을까요. 휴대전화만이 기억하는 존재라면 그는 내게 휴대전화만큼 가벼운 존재라는 의미로 해석될 수도 있지 않을까요. 또 자신의 정보를 휴대전화에만 의지한다면 그것을 잃어버리는 날, 당신은 정보의 치매자로 전락하게 될는지도 모릅니다.

기억과 정보를 머리에 담아 두는 연습을 하지 않으면 뇌는 스스로 제 기능을 버리게 된다고 합니다. 머리를 쓰고 살아야겠습니다. 나이 드신 강사 스님은 경을 다라니처럼 외우는 것이 치매 예방에 더없이 좋다고 했습니다. 스님은 『금강경』『원각경』『능엄신주』 등을 일 년에 한 권씩 외우라고 했습니다. 그 이야기를 듣는 순간 참 좋겠다고 생각했습니다.

아주 오래전 탄허 스님의 친동생인 인허 스님이 그랬습니다. 체구가 작은 인허 스님은 어두컴컴한 방에 혼자 앉아 늘 경을 암송하셨습니다. 온종일 외워도 그의 암송은 그치지 않았습니다. 스님에게 암송은 기도였고 수행이었고 삶이었습니다. 스님은 병이 심해져 병원에 가시는 날도 암송을 그치지 않았습니다. 말끔하게 정리된 방. 비닐봉지로 싼 오십만 원 다발 여섯 개. 스님이 평소 장례비로 모아 둔 돈이었습니다. 스님은 이름 없는 스님이었으나 참 아름다운 수행자였습니다. 컴컴한 방에 앉아 온종일 경을 암송하던 스님.

경을 다라니처럼 외면 좋다는 말씀을 들으며 나는 오래전 열반한 인허 스님을 떠올렸습니다. 경을 하나씩 외워 봐야겠습니다. 그러면 치매 걱정은 사라지겠다는 확신이 섭니다. 또 인허 스님처럼 소박한 삶의 모습도 간직할 수 있겠다는 생각이 들기도 합니다.

기적을 일구는 사람들

아침 바다에 갔다가 돌아오는 길에 마을 입구에서 할머니 한 분과 마주쳤습니다. 허리가 굽어 보행기에 의지해 걸으시는 분이 콩 자루를 보행기에 싣고 계셨습니다. 콩 심으러 가려고 준비 중이라 하셨습니다.

내게는 하나의 기적 같은 모습이었습니다. 허리 굽어 혼자는 걷지도 못하시는 할머니들이 저 너른 밭에 콩을 심고 마늘을 캔다는 사실이 내게는 기적과도 같이 다가왔습니다.

꺼져 가는 생명이 저 너른 대지에 생명을 푸르게 가꾼다는 것은 얼마나 아름다운 역설입니까. 나는 이렇게 기적을 일구는 사람들을 만나며 살고 있습니다.

내가 내 삶의 주인입니다

다시 아름다운 인연을 꿈꾸며

　　　　　　새벽별을 봅니다. 온밤을 밝히고도 별
은 조용한 기쁨으로 빛납니다. 새벽이면 더욱 빛나는 별을 바라보
며 나는 부처님의 미소를 만납니다. 보리수 아래서 새벽별을 보고
깨달은 부처님의 눈빛이 저 별 속에 잔잔히 흐르는 것 같습니다.

　　그 오랜 시간의 차이에도 불구하고 부처님과 나는 이렇게 새
벽 별빛 속에서 서로 만납니다. 법신은 언제나 상주한다는 그 말
을 나는 새벽에 깨어나 별을 바라볼 때마다 실감합니다. 영원한
생명 하나가 내 곁에서 빛나고 있다는 사실은 언제나 따뜻한 위안
으로 다가옵니다. 부처님과의 길고도 아름다운 인연이 있어 나는
오늘도 산사에서 행복한 중으로 살아가고 있습니다.

　　나는 어려서부터 걸망을 메고 떠나는 스님의 뒷모습을 보며
자랐습니다. 절은 아니었지만 어머니와 형님의 지극한 신심 덕에
우리 집에는 스님들의 출입이 잦았습니다. 스님들이 하룻밤을 묵
고 아침 일찍 길을 나설 때면 걸망을 멘 스님의 뒷모습이 너무나

자유롭게 보였습니다. 저 뒤를 쫓아가면 삶의 피안에 이를 것만 같은 예감이 들고는 했습니다. 그 뒷모습에 남겨진 호기심을 안고 나는 어느 날 산사를 찾아 길을 떠났습니다. 어머니의 신심이 맺어 준 부처님과의 인연이었습니다.

산사에 들어 나는 아궁이에 불을 때고 가마솥에 밥을 하는 것이 재미있었습니다. 새벽에 일어나 예불을 하는 것도 저녁이면 땀을 뻘뻘 흘리며 백팔 배를 하는 것도 즐거움이었습니다. 『초발심자경문』을 외우며 이른 아침 산길을 걷는 기쁨은 전에는 느껴 보지 못한 것이었습니다. 부처님 세상에서는 모든 것이 즐겁기만 했습니다. 하지만 나보다 늦게 입산한 행자는 그렇지 못했습니다. 어느 날 새벽 예불을 마치고 나오니 어두컴컴한 방 한쪽에서 누군가 짐을 싸고 있었습니다. 다가가 보니 늦게 입산한 행자였습니다. 나는 그에게 물었습니다. "행자님, 무얼 하세요?" 행자는 기어들어 가는 목소리로 말했습니다. "이제 그만 집에 가려고요. 다른 것은 다 하겠는데 새벽에 일어나는 것은 죽어도 못하겠네요.
이제 집에 내려가면 스님들 존경하며 살게요." 그날 새벽 행자는
산을 내려가고 말았습니다.

행자가 내려간 후 나는 인연은 언제나 사랑과 함께 머무는 것
임을 알았습니다. 절집의 모든 것을 사랑하지 못하면 그 인연 역
시 끝을 맞이할 뿐입니다. 나는 다행히 절집의 모든 것을 사랑하
고 있습니다. 그래서 부처님과의 소중한 인연을 여전히 간직하고
있습니다.

큰절의 새벽 예불을 나가면 가장 먼저 나와 있는 분들은 노스
님들이었습니다. 노스님들은 누구보다 먼저 나와 부처님께 백팔
배를 올렸습니다. 노구를 이끌고 부처님께 절을 올리는 그 모습을
보고 있으면 부처님을 향한 사랑이 절로 느껴졌습니다. 부처님을
향한 사랑을 가득 안고 절을 올리는 노스님들 모습은 절실해서 아
름다웠습니다. 노스님들은 내게 부처님과의 인연이 얼마나 소중

한 것인지를 일깨워 주었습니다.

　이제 곧 부처님 오신 날입니다. 그 아득한 시간을 넘어 부처님과의 인연은 오늘도 계속되고 있습니다. 내가 죽는 날까지 그리고 내가 다시 태어나는 그날에도 그 인연은 계속될 것입니다. 새벽별이, 바람이, 노스님이, 행자가, 어머님이 또다시 부처님과의 인연을 일깨워 줄 테니까요. 부처님 오신 날 등불을 밝히며 나는 길고도 아름다운 인연을 위해 굳은 맹서를 할 것입니다. 금생의 내 삶이 홀씨가 되어 다시 부처님의 그림자 안에 떨어지기를. 나는 다시 아름다운 인연을 꿈꿉니다.

●

봄날의 비

　　　봄날의 비는 살포시 내리는 그 모습이
나비의 날개를 닮았습니다. 우산도 없이 차 밭에 나가 순이 올라
오는 것을 살펴봅니다. 곡우穀雨가 지나고 차의 여린 잎이 하나둘
올라오는 것이 보입니다. 이맘때 따는 차가 우전입니다. 여린 차
가 모여 빚어내는 그 맛은 푹 익은 노스님 마음의 여운과도 같고,
숲을 살짝 스치고 지나가는 바람의 부드러운 손길과도 같습니다.
여운을 닮은 그 맛은 마음이 고요해야 비로소 알 수 있습니다.

　　세우細雨가 빚어내는 세상이 아름다워 마음에 잔잔한 기쁨이
샘솟습니다. 산에 산다는 것은 작은 것들이 빚어내는 작은 변화를
기쁜 마음으로 알아보는 것입니다. 섬세하고 부드러운 마음의 소
유자만이 그것을 알아볼 수 있습니다. 청산에 깃들어 사는 산승의
마음이 바로 그렇습니다. 그래서 시인과 산중에 사는 스님은 닮았
다고 합니다. 시인은 글로 자연을 노래하고 산승은 마음으로 자연
을 노래하기 때문입니다.

괜찮아, 나는 나니까

"좋은 비 시절을 알아/ 봄이 되니 곧 내리기 시작한다/ 바람 따라 몰래 스며들어/ 소리 없이 촉촉이 만물을 적신다…(중략)… 새벽녘 분홍빛 비에 젖은 곳 보니/ 금관성에 꽃들이 활짝 피었네." 두보의 '춘야희우春夜喜雨'라는 시입니다. 분홍빛 비에 꽃들이 활짝 피었다는 것은 일종의 깨달음입니다. 이것은 이미 빗속에 꽃이 있고 꽃 속에 비가 있다는 것을 보았음을 의미하기도 합니다. 글도 익으면 도가 된다는 것을 나는 두보의 이 표현에서 봅니다.

봄날의 비는 무겁지 않아야 제맛이 납니다. 가랑비에 옷 젖듯이 오는 비라야 연둣빛 숲을 차분하게 걸을 수 있습니다. 여린 비가 피워 낸 저 연둣빛 숲과 적요의 소리는 마치 우전의 맛과 같은 계절의 백미입니다. 찻잎을 뒤적이며 나는 차를 따러 오겠다던 사람들의 약속을 떠올립니다. 아무래도 이 봄비 그치면 그들에게 전화를 해야겠습니다. 연둣빛 봄비가 피워 낸 차 맛을 함께 나누자고 말입니다.

●

생각의 힘

　　내 출가 이후의 삶을 돌아보면 내가 생각했던 모든 것이 현실이 되어 내 삶의 내용을 이루었다는 것을 알게 됩니다. 해인사 강원에 있을 적부터 지금까지 내가 생각한 것들은 여지없이 현실이 되었습니다. 생각의 힘이 현실이 되는 것을 나는 출가 이후 줄곧 목격해 온 셈입니다. 그래서 가끔 무엇에 대해 생각하는 것이 즐겁기도 하지만 두렵기도 합니다. 생각이 곧 현실이 되기 때문입니다. 일체를 마음이 이룬다는 말을 이보다 분명하게 느낄 수는 없습니다.

　　언젠가 미얀마에 갔을 때 일입니다. 해가 지는 양곤의 대탑 아래 앉아 미얀마에 자그마한 학교 하나를 짓고 그곳을 평생 후원하고 싶다는 발원을 했습니다. 그 이후 나는 나의 발원을 잊고 살았습니다. 그 발원을 다시 떠올린 것은 올해 정초 삼사 순례 때였습니다. 그때 미얀마에서 했던 발원이 선명하게 떠올랐습니다.

　　나는 신도님들을 모아 놓고 미얀마에 학교를 짓자고 했습니다. 모두 다 찬성했습니다. 의미 있는 일을 하자는데 누군들 기쁘지 않겠습니까. 그것도 남해에 있는 조그마한 절에서 미얀마라는 먼 나라에 학교를 짓는 일인데. 당시 내가 진행하던 방송의 청취자들과 남해 용문사 신도님들이 그렇게 마음을 모아 미얀마에 학사 하나를 짓게 되었습니다. 잊어버렸던 삼 년 전의 발원이 현실이 된 것입니다.

나는 생각의 힘을 믿습니다. 그래서 나 자신에게도 부정적인 생각을 하지 않습니다. 늘 긍정적이고 아름답게 생각하려고 노력합니다. 간혹 부정적이고 원망의 마음이 들 때면 얼른 마음을 고쳐먹습니다. 스스로 바보처럼 자신을 어렵게 몰아갈 이유가 없지 않습니까. 생각의 힘을 믿으면 우리는 함부로 생각할 수 없게 됩니다. 자신에게도 타인에게도 좋은 생각만 하게 됩니다. 이것이 진정 행복한 삶의 모습 아니겠습니까. 생각은 언제나 현실이 됩니다. 지금 그대는 무슨 생각을 하고 있나요.

괜찮아, 나는 나니까

　　　　　　　　　내가 사는 암자에 사람들이 찾아오면
묻고는 합니다. "스님 적적하지 않으세요?" 나는 대답합니다.
"가끔 적적하고 대개는 괜찮습니다." 그러면 사람들은 다시 묻고
는 합니다. "어떻게 그럴 수가 있지요?" 그러면 나는 다시 웃으면
서 대답합니다. "나는 나니까요."

　사람들은 혼자라는 사실을 잘 못 견뎌합니다. 그래서 언제나
누군가를 만나야 하고, 이야기를 해야 하고, 인정받고 싶어 합니
다. 하지만 만나고 싶은 사람을 언제나 만날 수는 없습니다. 좋은
관계의 사람도 언제나 좋은 관계의 사람으로 남기는 쉽지 않습니
다. 관계는 언제나 변화해 가고 마음은 언제나 움직이기 때문입
니다.

　일본 스님 코이케 류노스케의 『있는 그대로의 연습』이라는 책
에는 이런 구절이 있습니다.

　"정신적 자급률이 낮아지면 꽤 괴로운 상황이 옵니다. 타인에

게 인정받기 위해 자신이 하고 싶지 않은 일인데도 웃는 얼굴로 하겠다고 말하거나, 타인으로부터 비난당하는 것이 두려워 무리해서 과잉 친절을 베풀거나, 자신의 본심을 전혀 말할 수 없는 상황이 올 수 있기 때문입니다. 자신을 인정해 준 사람과 싸우거나 한동안 못 만나거나 연락이 없으면 정신적 자급률이 낮은 사람은 이것만으로도 금방 불안에 빠지거나 초조해집니다."

살아가면서 이런 일들을 누구나 경험해 보았을 겁니다. 이것은 당연한 일입니다. 이 당연한 일에 우리가 마음을 상하는 것은 자기 삶의 중심을 타인에게 두고 있기 때문입니다. 그런 사람들은 자기가 아니라 타인의 시선을 따라 살아가게 됩니다. 그런 삶은 언제나 피곤하고 힘에 부칠 수밖에는 없습니다.

나는 나니까, 라는 말은 내가 내 삶의 주인이라는 말입니다. 삶의 중심이 언제나 자기를 떠나지 않는다는 의미입니다. 깊은 물이 파도를 바라보듯 그것은 곧 상황이나 평가에 우왕좌왕하지 않고 관찰자로 남는다는 뜻이기도 합니다. 바라보면 타인의 평가나 시선은 파도로 잠시 솟구치다 끝이 나지만 그렇지 않으면 깊은 물의 고요를 잃을 수도 있습니다.

"괜찮아, 나는 나니까."

이 말은 삶의 중심을 언제나 잃지 않고 살겠다는 말이기도 하고 세상과 자신을 위로하는 말이기도 합니다. 위로는 언제나 존재의 깊은 중심에서 울려 나오는 축복입니다. 우리들 삶에 이보다 더 멋진 말이 있을까요. 우리 살아가면서 이 말을 주문처럼 외워보면 어떨까요.

•

삶의 품격

탑승이 지연된 비행기를 기다리며 나는 사람들의 표정과 행동을 본 적이 있습니다. 독일에서 한국으로 오는 비행기였습니다. 탑승이 한 시간 이상 늦어지자 어떤 사람은 분노해 항의하고 어떤 이는 초조해하며 서성이고 또 어떤 이는 태연히 책을 보고 또 다른 사람은 턱을 괴고 앉아 상상에 젖습니다. 똑같은 상황을 사람들은 각기 다른 모습으로 맞습니다. 분노하거나 초조해하는 사람들은 정신적으로 성숙하지 못한 사람들입니다. 단지 늦었다는 것 외에는 아무것도 생각할 수 없는 사람들입니다.

상황과 무관한 자세를 보이는 사람들은 늦는 것이 아쉽기는 하지만 늦을 수 있는 이유를 생각하거나 분노하고 초조해 봐야 달라질 것이 없다고 생각합니다. 그들에게는 상황이 전부가 아니라 부분으로 다가오는 것입니다. 그래서 그들은 같은 상황에서도 조금 자유롭고 여유롭습니다. 이 조금의 자유와 여유가 바로 삶의 품격이라는 생각이 듭니다.

밥 먹고 산다는 것

늙은 농부 부부가 이른 아침부터 농약을 칩니다. 파랗게 일렁이는 논에 들어가 벼들 병 걸리지 말고 잘 크라고 농약을 칩니다. 벼들은 그 농약으로 잘 크겠지만 정작 자신은 농약으로 병들어 갈지도 모릅니다. 밥 먹고 산다는 것은 이렇게 눈물겹게 아름다운 일입니다. 다른 것을 키우고 자신은 점점 소멸되어 가는 것이 밥 먹고 산다는 의미입니다.

그러나 남은 죽이고 자신만 키우며 살아가는 사람들이 있습니다. 이것은 밥 먹고 사는 일의 의미를 위배하는 일입니다. 밥은 내게서 나오는 것이 아니라 저 광활한 우주의 관계에서 오는 것입니다. 그러니 저 우주적 관계를 향해 자신도 무언가를 내주어야 합니다. 밥은 그렇게 먹고 살아야 합니다. 부처님은 법을 내주며 살았습니다. 사람들은 그 법을 먹고 성장해 가고 있습니다. 이 땅에서 밥을 먹고 살면서도 정작 내줄 것이 없는 나는 늙은 농부 부부 앞을 지나기가 부끄러웠습니다.

저 넓은 바다도 흔들리는데

　　　　　　하얗게 부서지는 바다. 바람에 마구
흔들리는 바다. 저 넓은 바다도 바람이 불면 부서지고 흔들립니
다. 그러니 우리 세파에 흔들린다고 두려워하거나 체념하지 말아
야 합니다. 흔들릴수록 더욱 빛나는 삶의 이치를 깨닫는다면 세
상 모든 파도와 번뇌는 더없이 소중한 가르침이 됩니다. 산다는
것은 어려운 일입니다. 이 어려운 일을 욕심내지 않고 분노하지
않고 고요하고 평화롭게 살 수 있다면 진정 아름다운 사람일 것
입니다.

　　저 넓은 바다도 때로 흔들리는데 우린들 어찌 흔들리지 않을
수 있겠습니까. 그래도 다시 아름다운 사람의 자리로 돌아올 수
있어야 합니다. 그러다 보면 이 험한 세상 진정 아름다운 사람으
로 살았다 말할 수 있을 것입니다.

걸음걸이와 됨됨이

앞만 보고 걷는 사람은 우직합니다. 두리번거리며 걷는 사람은 산만합니다. 땅만 보며 걷는 사람은 내성적입니다. 느리게 걷는 사람은 의욕 저하증이고요. 빠르게 걷는 사람은 몰인정형이랍니다. 하지만 너무 신경 쓰며 걷지는 마세요. 걸음이 즐거움이 된다면 무슨 상관이겠습니까.

세상 사람들은 무엇이든 어떤 틀로 규정하기를 좋아합니다. 그 틀을 벗어나면 또 못 견딥니다. 우린 그렇게 약합니다. 그래서 어디에 속하고 싶어 하고 또 칭찬받기를 원합니다. 또 남의 기준과 시선에 맞추기 위해 노력합니다.

자유롭게 살고 싶다면 타인의 시선이 아니라 진정 자신이 원하는 모습을 주체적으로 그려 가야 합니다. 좀 못나 보여도 자신이 원하는 자신의 모습을 그려 가는 것이 행복한 삶의 전제가 됩니다. 틀을 벗어나 살기. 삶에는 모험이 필요합니다. 틀을 깨는 모험. 그때 우리는 진정 살아 있다는 행복을 느낄 수 있습니다.

자유롭게 살고 싶다면
타인의 시선이 아니라 진정 자신이
원하는 모습을 주체적으로 그려 가야 합니다.
좀 못나 보여도 자신이 원하는
자신의 모습을 그려 가는 것이
행복한 삶의 전제가 됩니다.

치자꽃 향기

"새벽길 그냥 지나치는데 치자꽃 향기 뒤에 다가와 나를 잡았다. 돌아보니 잎 속에 하얗게 꽃이 피어 있었다. 나를 지나쳐 간 그대는 나를 돌아보지 않았다. 비정하게 지나쳐 가는 바위 같은 그대의 등을 보며 나는 그대를 원망했었다. 오늘 새벽길 치자꽃 향기를 돌아보며 진정 원망해야 할 것은 그대가 아니라 향기 없는 나의 삶이었다는 것을 나는 알았다. 향기를 찾아 이 새벽 치자꽃 위에 내리는 별빛을 보라. 그리고 치자꽃 향기가 그려 가는 저 별빛의 눈동자를 보라. 세상의 모든 아름다움은 향기라는 사실을 나는 깨닫는다."

사람들은 대개 자신보다는 타인을 원망하는 데 익숙합니다. 성찰보다는 비난에 익숙하고 책임지기보다는 책임을 전가하기를 좋아합니다. 이것은 아름답지 못한 삶의 태도입니다. 적어도 아름다운 삶을 추구하는 사람들은 자신에게서부터 사유를 시작합니다. 문제의 원인을 자신에게서 찾고 문제의 해결 역시 자신 안에서 발견합니다. 자신이 모든 문제의 시작이자 끝입니다. 그런 사람들은 남을 비난하거나 힐난하지 않습니다. 그냥 자비로 모든 사람을 대할 뿐입니다.

산에 산다는 것은 자신을 만난다는 것을 의미합니다. 늘 자신을 만나며 자신의 못난 모습들을 하나씩 지워 가는 것이 산에 사는 사람들이 해야 할 일입니다. 산에 자리하고 있는 그 모든 것들은 어느 것 하나도 자신을 내세우지 않습니다. 모든 것이 다 조화롭게 자리하고 있을 뿐입니다. 낮이면 해 뜨고 밤이면 달빛이 쏟아지는 자리에서 욕심과 주장은 흉물스럽기만 합니다. 나무도 숲도 청산도 강아지도 중도 모두 안으로 자신을 비추며 소박한 삶의 조화 속에 자리하고 있을 뿐입니다. 삶은 비난이 아니라 안으로 자신을 반성하는 일이라는 사실을 산중에서는 깨닫게 됩니다.

산에 들어 원망과 비난을 버렸습니다. 그리고 이해와 용서를 알게 되었습니다. 가끔 밖을 향해 비난하기도 하지만 그것이 자신

의 허물임을 깨닫게 되었습니다. 어느 날 누군가 내 곁을 스치고
지나가다 치자꽃 향기를 닮은 자비의 향기를 맡았다고 내게 말해
준다면 그것만으로도 나는 얼마나 행복할까요.

아버지의 눈물

우리 절에 다니는 신도분이 따님 결혼
식에 주례를 부탁했습니다. 나는 처음에는 고사했습니다. 결혼도
안 해 본 총각 스님이 주례를 서는 것이 좀 어색했기 때문입니다.
물론 주례가 처음은 아닙니다. 하지만 주례를 부탁받을 때마다 어
색한 것은 숨길 수가 없습니다. 고사는 했지만 나는 결국 주례를
수락했습니다.

결혼식 날 나는 주례석에 서서 신부의 아버님이 신부의 손을
잡고 입장하는 모습을 보았습니다. 신부는 꽃 같은 미소를 지어
보였지만 아버지의 표정은 물결치고 있었습니다. 그 표정에는 딸
과의 한 생애가 다 지나가는 것만 같았습니다. 깊은 감회가 서린
표정으로 딸의 손을 잡고 행진하다가 사위에게 딸의 손을 넘겨주
는 순간 아버지의 두 눈엔 눈물이 일렁였습니다.

얼마 전까지만 해도 아버지는 시집 안 간 딸을 걱정했습니다.
딸이 어서 시집을 가야 한시름 놓는다고 했습니다. 마치 딸을 시

집을 보내기만 하면 너무 기쁠 것만 같은 어투였습니다. 하지만 정작 결혼식 날이 되어서는 그는 더 이상 기쁜 표정을 짓지 않았습니다. 그는 오히려 눈물을 흘리고 있었습니다.

딸을 시집보내는 아버지에게는 두 마음이 있습니다. 딸의 행복을 위해 딸을 보내야 한다는 마음과 딸을 언제나 곁에 두고 싶어 하는 마음이 그것입니다. 하지만 아버지는 두 마음 가운데 딸을 보내야 한다는 아픈 쪽을 선택합니다. 그것이 딸의 행복이라는 것을 알고 있기 때문입니다. 그래서 아버지의 사랑은 아픕니다. 아버지는 아픔을 통해 사랑을 실현합니다.

언제나 상실이 예견되어 있는 아버지의 사랑은 외로움입니다. 어두운 골목길 취한 걸음으로 집에 돌아갈 때도 아버지의 뒷모습엔 외로움이 배어 있습니다. 마치 인적 없는 골목길에 내리는 가로등 불빛처럼. 하지만 자식들은 그 불빛의 외로움을 모릅니다. 그냥 그 불빛 아래서 행복할 뿐입니다.

딸은 행복한 표정으로 아버지 곁을 떠나고 아버지는 뒤에 남아 웁니다. 그때에도 딸의 행복에 자신의 아픔을 잊는 아버지의 바보 같은 사랑은 그래서 또한 눈부십니다.

불연쇄 佛緣鎖

　　출가자에게 중요한 것이 무엇이 있을
까요. 스승과 도반 아닐까요. 그 외에 또 무엇이 중요할까요. 돈
도 중요한 것일 수 있고 절도 그렇고 안전한 노후도 중요한 것일
수 있습니다. 하지만 돈이나 안전한 노후는 왠지 좀 속물적이라는
생각이 듭니다. 이런 모든 현실적인 욕구를 극복하고 스승과 도반
을 그 무엇보다도 출가의 우선 가치로 둘 수 있다면 그래도 좀 중
다워 보일 것만 같습니다.

　　출가 후 내 자산 일 호는 도반입니다. 나의 가치 목록에서는
스승보다 도반이 앞서는 것만 같습니다. 아마 스승은 멀리 있거나
존경의 대상은 되어도 살가운 정을 나누는 대상은 아니기 때문입
니다. 하지만 도반은 어떤가요. 무슨 일만 있으면 흉금을 터놓고
이야기하고 또 언제나 내 편이 된다는 믿음이 있습니다. 설사 내
편이 되어 주지 않는다 해도 그런 기대를 품게 하는 존재가 있다
는 것만으로도 기쁜 일입니다.

난 가끔 도반을 통해서 나 자신으로 돌아오고는 합니다. 막연한 동경 속의 '나'에서 현실의 '나'로 돌아오는 것입니다. "농사는 언제 짓나" "토굴은 언제 가노" 하는 농담조의 이야기를 도반이 건네면 나는 무안하게 웃으며 현실의 나를 만나게 되곤 합니다. 난 내가 참 고독을 좋아하고 깊은 침묵을 벗해 살 수 있는 사람이라고 생각했습니다. 마치 나옹 스님처럼 토굴가를 부르며 말입니다.

"청산림 깊은 골에 일간 토굴 지어 놓고/ 송문을 반개하고 석경에 배회하니/녹양 춘삼월하에 춘풍이 건듯 불어/ …중략…/ 적적한 명창하에 묵묵히 홀로 앉아/ 십 년을 기한 정코 일대사를 궁구하니/ 종전에 모르던 일 금일에야 알았구나/…중략…/ 청산은 묵묵하고 녹수는 잔잔한데/ 청풍이 슬슬하니 이 어떠한 소식인가…/"

사실 내 출가의 가장 큰 동기는 고독의 즐거움을 향한 막연한 동경이었습니다. 이제는 서서히 알아 가고 있습니다. 동경은 결코 현실이 아니라는 것을. 나는 나옹 스님의 토굴가를 입으로만 부르고 있을 뿐 온몸으로 토굴가의 소식에 이르지 못하고 있습니다.

나옹은 나옹이고 나는 나에 지나지 않을 뿐입니다. 나옹 스님에게는 처처가 불국토이고 나는 처처에서 사바를 만나고 있을 뿐입니다. 하지만 아름다운 꿈이 건네는 위안과 희망은 결코 포기가 되지 않습니다. 금생이 아니라면 다음 생 어디에선가는 나도 나옹 스님처럼 토굴가를 부르며 바람을 맞이하리라는 기대가 있습니다.

도반과 함께 중국 여행을 다녀왔습니다. 중국 숭덕시에 자리한 보령사의 열쇠점에서 도반은 중국 돈 사십 원을 주고 불연쇄佛緣鎖 두 개를 샀습니다. 그러고는 말했습니다.

"우리 다음 생에도 깊은 불연의 도반으로 만나 수행하자. 어때, 좋지."

나는 어쩌면 금생보다 내생이 더 중요한 사람인지도 모릅니다. 금생은 이미 너무 많은 시간을 허비했고 내생은 아직 처녀의 시간으로 무진장 남아 있다고 생각하기 때문입니다. 도반과 나는 새로 산 열쇠 두 개를 걸었습니다. 그리고 무수히 많은 열쇠가 걸린 줄에 우리의 불연쇄를 걸어 두었습니다. 결코 열 수 없는 불연쇄를 앞에 두고 우리는 서로 내생에서 수행의 도반을 다짐했습니다. 금생을 마치고 길을 떠난대도 내생에 또 만날 도반이 있다는 것은 얼마나 즐거운 일인가요.

세월이 좀 더 지나 노인이 되면 나는 나의 도반과 함께 다시 보령사로 갈 것입니다. 그리고 우리들의 불연쇄 앞에서 마주 보고 웃을 테지요. 불연쇄는 여는 키가 없어도 우리가 다음 생에 수행의 도반으로 만나는 날 저절로 열리지 않을까요. 나는 그날을 향해 걸어갈 것입니다.

●

헌심獻心

　　다시 벚꽃이 집니다. 바람을 타고 분
분히 날리는 벚꽃 잎이 마치 아이들 눈빛만 같습니다. 미안해 그
리워도 그립다 말 못하고 살아온 시간 위로 잊지 말라고 벚꽃 잎
이 집니다. 차마 다 못한 사랑한다는 아이들의 말들이 이 사월에
는 벚꽃 잎이 되어 가슴에 내립니다.

　　2014년 4월 16일, 단원고 학생들은 벚꽃 길 따라 제주도로 수
학여행을 떠났습니다. 하지만 벚꽃이 활짝 피고 졌어도 아이들의
해맑은 웃음과 몸짓들은 돌아오지 않았습니다. 그들은 다만 싸늘
한 주검이 되어 돌아왔을 뿐입니다. 무수히 많은 "사랑해"라는 말
을 가슴에 묻고 컴컴한 물속에서 그들은 생을 지워야만 했습니
다. 꽃이 피는 봄날 남아 있는 아버지 어머니들은 폭포 같은 눈물
을 쏟아 꽃들의 자리를 지웠습니다. 그리고 그 가슴속에는 여전히
눈물이 폭포처럼 흐르고 있을 뿐입니다.

　　일 년이라는 시간은 반성을 위해서는 긴 시간이나 잊기 위해

서는 짧은 시간입니다. 세월호 사고 이후 일 년이 되었지만 사회적 반성은 아주 더디기만 합니다. 여전히 안전사고가 발생하고 그때마다 우리는 놀라고 있습니다. 무엇이 변했습니까. 일 년이 지난 이 시간 우린 어떤 추모사로 세월호의 영혼들을 진무할 수 있을까요. 아직 우린 쓰지 못한 추모사를 숙제로 가지고 있을 뿐입니다. 그 난만한 몸짓들에 대하여 그리고 못다 이룬 사랑의 안타까운 절규에 대하여 우리는 지난 일 년 동안 어떤 사회적 추모사도 쓰지 못한 채 서성이고 있을 뿐입니다.

그동안 우리는 반성보다는 잊으려는 노력만 해 왔는지도 모릅니다. 유족들을 향해 이제 긴 시간이 지났으니 잊으라고 말하고 있는지도 모릅니다. 그러나 유족들에게 일 년이라는 시간은 너무 짧은 시간일 뿐입니다. 노란 리본이 지겹다고, 너무 큰 배상이 전례를 남긴다고 말한다면 그것은 너무나 미숙한 사회의 모습일 뿐입니다. 배상을 말하기 이전에 우리는 유족들의 슬픔을 향해 손을 내밀어야 하고 그들의 이야기를 경청하고 마음을 나누어야 합니다. 사회 구성원의 아픔에 마음을 바치는 사회의 성숙함을 구현하지 못한다면 세월호의 아픔은 언제나 현재 진행형이 되고야 말 것입니다.

세상의 모든 것이 효율성과 합리성으로 해결되지는 않습니다. 그 모든 것보다 우선하는 것이 마음입니다. 아픔에 다가서고 이해하고 해결하려는 마음이 있었는가를 우리는 진실하게 자신을 향해서 물어야 합니다. 대통령이 눈물을 흘리며 기자 회견을 할 때 나는 그것이 정부의 마음이라고 믿었습니다. 그리고 지금도 그 믿음에는 변함이 없습니다. 눈물을 가진 정부가 어찌 그 눈물의 진정성을 버릴 수 있겠습니까.

원망은 원망으로 지울 수가 없습니다. 오직 사랑으로 지울 수 있을 뿐입니다. 반목하고 불신하지 맙시다. 아픔을 잊기 위해서는 아픔보다 더 큰 용서와 위로가 필요합니다. 이제 우리에게 필요한 것은 원망과 질타가 아니라 서로가 서로에게 마음을 바치는 진정성입니다. 세월호를 인양하고 실종된 시신을 수습하기 위해 최선을 다하는 것이 우리 사회가 함께 써야 할 추모사가 아닐까 생각해 봅니다. 그것이 생존자와 사망 실종자와 그 유족들에게 바치는 우리 사회의 마음이 될 것입니다.

　다시 벚꽃이 집니다. 저 벚꽃 길 걸어 학교를 오가는 아이들을 보며 가슴을 부여잡을 유족들의 모습에 눈물이 고입니다. 진도 앞바다의 영령들 위로도, 세월호를 기억하며 눈물 글썽이는 수많은 사람들의 가슴 위로도 봄날 눈물처럼 꽃잎이 집니다.

라브랑스에서, 가장 낮아서
아름다운 사람들을 보았다

라브랑스를 찾아가기 위해 난주에 내렸다. 내 생애 처음 와
보는 땅, 난주는 작은 도시가 아니었다. 황하를 바라보며 난주의
라면을 먹었다. 그것은 우리의 라면과는 다른 것이었다. 요리사
가 직접 방에 들어와 난주 라면 뽑는 것을 시현해 보였다. 우리나

---

1) 이 글은 2013년 6월 27일부터 7월 7일까지, 중국 간쑤성에 있는 간난(甘南)장족자치주의 티베트 사원을 다
녀와서 적은 것이다. 중국에는 티베트족('장족'으로 불리기도 한다)이 모여 사는 자치구가 여러 곳 있는데, 간
난장족자치주는 그중 하나다.

라에서 자장면을 뽑는 것과 유사했지만 그 기술은 한 수 위였다. 난주를 찾아오는 사람이라면 누구나 이 라면을 먹게 된다. 마치 난주의 상징이기라도 하듯이. 새로운 것이 건네는 새로운 맛. 나는 생애 처음 찾아가는 티베트 사원의 맛이 궁금했다.

난주에서 하루를 묵고 라브랑스를 찾아가기 위해 버스에 몸을 실었다. 라브랑스가 자리한 샤허까지의 거리는 버스로 다섯 시간. 버스에서 졸다가 눈을 뜨면 도시풍의 난주와는 다른, 삭막한 산과 마을들이 눈에 들어왔다.

라브랑스는 하나의 마을이었다. 그것은 우리가 만나 보지 못한 규모의 사원이었다. 우리가 자랑하는 해인사의 규모도 라브랑스 앞에서는 작은 것이었다. 해발 삼천 미터 고원에 자리한 라브랑스는 티베트 최대의 종파인 겔룩파의 육 대 사찰 가운데 하나이다. 1704년 청나라 강희 48년에 건설하기 시작한 라브랑스는 여섯 개의 승가대학과 오백여 채의 승려 숙소가 남아 있다. 라브랑스의 담장을 끼고 걸어가다가 우리를 지나치는 스님들을 보았다. 비구니였다. 라브랑스의 숙소 가장 깊은 안쪽에는 비구니 스님들이 살고 있었던 것이다. 라브랑스에서는 해마다 티베트력 정월 십삼 일이면 사흘 동안 티베트 문화권의 최대 축제인 '몬람축제'가 열린다. 이 축제의 백미인 '쇄불절'에는 수많은 순례자와 승려들이 찾아와 인산인해를 이룬다. 일 년에 한 번, 단 한 시간 탕카를

공개하는 이 의식을 보기 위해 사람들은 새벽부터 마니차 행렬을 이룬다. 그 신성을 향한 끝없는 종교 의식. 이것은 어쩌면 거룩한 영혼을 지닌 사람들의 의식인지도 모른다. 신성을 향한 그 마음 하나로 세상을 살아가기에 그들은 이 척박한 땅에서의 삶일지라도 감사하며 마니차를 돌리고 부처님을 참배하기 위해 산을 오르고 있는 것이다.

라마승의 안내를 받으며 대경당에 들어서는 길, 새가 내 모자에 똥을 싸고 날아간다. 새똥을 손에 묻혀 냄새를 맡아 보았다. 냄새가 없다. 똥도 똥이 아닌 새의 생애가 신성을 흠모하는 이곳의 사람들을 닮아 있다는 생각이 들었다. 내 생애를 돌아보라고 새는 내게 날아와 똥을 싸고 날아간 것인가. 새는 자취 하나 남기지 않고 파란 하늘을 날고 있었다.

천오백 명의 라마승들이 공부하는 대경당은 어두침침하고 넓었다. 각 단에 수유등이 곱게 타오르며 실내를 비추고 있었다. 비릿한 우유 타는 냄새. 길게 연속해 이어진 방석 하나 크기의 자리에 앉아 라마승들은 저물도록 공부를 한다고 한다. 그들은 책상도 없고 의자도 없이 그냥 손에 경을 들고 읽는 것인가. 그러다 졸게 된다면 낱장으로 된 티베트의 장경들은 그냥 바닥에 쏟아지게 되리라. 그러면 그들은 불경죄를 저지르게 되는 셈이다. 그 불경을 저지르지 않기 위해 그들은 필사적으로 졸음과 싸우며 수지독경

할는지도 모른다. 졸음이 곧 불경이 되는 자리. 라마승들이 공부하는 자리가 내게는 그토록이나 절실하게 보였다. 나는 얼마나 절실하게 경을 읽었는가. 저 신성의 벼랑에서 불경의 나락으로 떨어지지 않기 위해 얼마나 절실하게 수행하고 있는가. 어쩌면 신성을 영 잊은 채 날마다 불경스럽게 살아가고 있는 것은 아닌가. 텅 빈 라마승들의 어두운 공부 자리는 내게 두려운 물음을 칼날처럼 던지며 다가왔다.

생의 시간 어디에서나 물음을 피할 수는 없다. 물음을 벗어나기 위해서는 물음이 없는 자리에 서야만 한다. 그것은 절실한 삶의 자리이다. 절실하게 살아가면 물음은 사라진다. 절실함은 물음과 답의 영역을 벗어나 있다. 완전하게 연소하는 불길에 그을음이 없듯이 절실한 삶의 자리에 물음이란 얼마나 환영 같은 것인가.

대경당을 나오는 길, 장족의 여인이 오체투지를 하고 또 다른 일군의 사람들은 마니차를 돌리며 코라를 돌고 있다. 저 걸음은 어디를 향하고 있는 것일까. 불만도 절망도 모두 버리고 오직 한 마음으로 코라를 도는 저 걸음이 향하는 곳을 쫓아 나도 걸음을 옮겼다. 푸른 하늘 아래 비로소 나는 낮은 곳을 향해 걷고 있었다. 하늘이 아주 높아만 보였다. 옴 마니 반메 훔.

2장

지금
후회 없이

사랑하십시오. 수천 생을 반복한다 해도 지금 사랑하는
사람을 다시 만나기는 어렵습니다. 그러니 지금 후회 없이
사랑하십시오. 사랑할 시간이 그리 많지 않습니다.

지금 후회 없이 사랑하라

우리 절 도량에는 수령樹齡이 백 년 넘은 매화나무가 있습니다. 전에는 가지가 뻗은 모양이 공작이 날개를 편 것 같았습니다. 하지만 사 년 전부터 나무는 반쪽만 꽃을 피울 뿐 다른 반쪽은 꽃을 피우지 못했습니다. 나무 치료사를 불러 진단했더니 암이었습니다. 나무에 혹처럼 자라난 암을 제거하고 주사를 놔 주고 흙을 새로 깔아 주었습니다. 그리고 다음 해 매화꽃이 피어날 때까지 기다렸습니다. 과연 매화나무는 예전처럼 아름답게 꽃을 피울 수 있을까. 기대를 가지고 기다렸지만 매화나무는 여전히 반쪽만 꽃을 피웠습니다. 반쪽은 앙상한 가지로 남겨둔 채 미완의 개화開花를 했을 뿐입니다. 아름답게 꽃을 피우다라는 말은 끝내 과거형이 되어 버리고 말았습니다.

이미 죽음을 지척에 안은 매화나무가 얼마나 더 살아서 꽃을 피울 수 있을까. 어쩌면 내년이나 후년이면 매화나무는 더 이상 꽃을 피울 수 없을 것만 같다는 생각이 들었습니다. 하지만 그다음 해에도 매화나무는 반쪽에 꽃을 피우는 것을 멈추지 않았습니다. 반가웠습니다. 매화나무는 똑같이 절반만 꽃을 피웠지만 전해는 슬픔으로 인해 꽃을 보지 못했고, 그다음 해에는 기쁨으로 인해 꽃을 보게 된 것입니다.

올해도 매화나무는 가지의 반쪽에 움을 붉게 틔웠습니다. 눈발이 날리는 날에는 붉게 돋은 움이 꽃보다 더 예뻐 보입니다. 분분히 날리는 눈발 속에서 붉게 돋은 움은 꽃을 꼭 피우겠다는 사랑의 약속처럼 다가왔습니다. 끈질기게 생명 활동을 하며 꽃을 피우는 나무의 힘은 꽃을 향한 사랑인지도 모릅니다.

나무 한 그루 앞에서 나는 마음의 변주變奏를 만납니다. 실망이 기쁨으로 그리고 기쁨이 다시 감사와 사랑으로 변하는 마음의 흐름 앞에서 사랑이 깊으면 실망이 기쁨과 다른 것이 아니라는 것을 깨칩니다. 사랑이 없을 때 실망은 좌절을 낳지만 사랑이 지극하면 실망이 기쁨의 다른 이름이라는 것을 알게 됩니다. 매화나무는 내게 사랑의 의미를 일깨워 주고 있습니다.

　얼마 전 절에 기도를 하겠다고 젊은 여성 한 분이 찾아왔습니다. 이십 대 중반의 세련된 여성이 기도를 하겠다고 산중의 절을 찾아온 것이 내게는 의외였습니다. 하지만 굳이 기도를 하려는 이유를 묻지는 않았습니다. 나는 그녀에게 기도하는 법을 일러 주고 지켜만 보았습니다. 하루 이틀, 그녀는 새벽 예불도 잘 나오고 기도도 제법 열심히 했습니다. 생전 처음 해 보는 산중의 사찰 생활을 그녀는 마치 이전에 해 보기라도 한 사람처럼 잘해 나갔습니다. 그래서 나는 가끔 그녀에게 출가해도 썩 잘할 수 있겠다고 말하고는 했습니다. 기도를 하면서 그녀는 무엇을 얻고자 한 것일까요.

　며칠이 지나서 나는 그녀의 기도 이유를 알게 되었습니다. 시아버지 될 분의 마음을 얻고 싶었던 것입니다. 그녀의 시아버지 될 분은 독실한 불자佛子였는데 그녀를 탐탁하게 여기지 않았습니다. 아들과 떨어져 있게 하기 위해서 그녀에게 깊은 산중에서 기도를 권했던 것입니다. 하지만 그녀는 미움 없이 기도하고 또 기도했습니다. 그 마음이 안쓰럽고 대견했습니다.

얼마 뒤 새벽 예불 시간에 잘생긴 젊은 남성이 한 분 나타났습니다. 아침 공양을 마치고 나서야 나는 그 청년이 젊은 여성의 남자 친구라는 것을 알았습니다. 너무나 보고 싶어서 찾아온 것이었습니다. 사랑은 그런 것입니다. 능히 어둠 속을 달려가는 것이고, 장애를 넘어서게 하는 것입니다. 두 사람을 앞에 두고 차를 따라 주면서 나는 애틋한 감상에 젖었습니다. 사랑으로 인해 그 둘은 지금 이 순간 얼마나 아름다운가요. 생애에 이보다 더 황홀한 시간을 이 둘은 앞으로 살아가면서 다시 만날 수 있을까요.

사랑은 물과 같아서 갈라놓을 수 없는 것입니다. 서로가 서로에게 바다가 된 지금 강요와 단절이란 얼마나 부질없는 것입니까. "수천 생生을 반복한다 해도 지금 사랑하는 사람을 다시 만나기는 어렵다. 그러니 지금 후회 없이 사랑하라. 사랑할 시간이 그리 많지 않다"는 칠 세기경 인도 스님이자 시인인 산티데바의 말씀을 그 두 사람에게 들려주었습니다.

사랑하는 사람과 맺은 인연이란 얼마나 지중至重한 것입니까. 그것보다 더 소중한 인연이 이 세상 어디에 다시 있겠습니까. 그래서 사랑에는 용기가 필요한 것입니다. 며칠 후 청년은 다시 절을 찾아왔고 사랑하는 사람을 데리고 떠났습니다. 그는 비로소 모든 장애를 극복하고 사랑의 소중한 가치를 스스로 선택한 것입니다.

매화나무는 온 겨울을 견디고서야 비로소 매화꽃을 피웁니다. 꽃에 대한 사랑이 있어 나무는 겨울 찬바람을 이겨 내는 것입니다. 매화꽃이 아름다운 이유입니다. 사람들의 사랑이 아름다운 이유도 사랑하는 사람을 위해 모든 것을 바칠 수 있기 때문이 아닐까, 하는 생각을 해 봅니다. 사랑은 그렇게 모든 것을 바치는 헌

신입니다. 지극한 마음으로 목숨을 바쳐 부처님께 귀의한다는 우
리 출가자들의 아침과 저녁의 맹서도 사랑입니다.

　　이 세상 모든 아름다움은 사랑의 다른 이름입니다. 사랑하십
시오. 지금 후회 없이 사랑하십시오. 그러면 세상 어디엔들 아름
다운 꽃이 피지 않겠습니까.

부드러운 사월의 시간

　　　　　　　창을 열었습니다. 바람이 부드럽습니다. 창문 사이로 드러난 하늘을 보았습니다. 마치 카푸치노 같은 부드러움이 흘렀습니다. 하늘과 바람에 입술을 대면 카푸치노 같은 하늘의 거품이 꽃잎처럼 바람에 날릴 것만 같습니다. 나는 지금 자연과 열애 중입니다. 세상이 어떻든 내가 돌아가 쉬는 곳은 자연입니다. 세상에 거칠게 시달리다가 와도 자연은 언제나 그 부드러운 얼굴과 가슴으로 나를 안아 줍니다. 부질없는 짓에 너무 매달리지도 말고 덧없는 세상의 평판에 너무 마음 쓰지 말라고 자연은 내게 말해 줍니다. 나의 상처는 어머니 같은 자연의 하늘과 바람과 숲 안에서 회복기를 맞이합니다. 여리고 여린 나를 한없이 감싸 주는 어머니와 같은 자연과의 사랑을 나는 행복이라고 말합니다.

　　자연과의 사랑이 언제 시작된 것일까. 아마 출가 이후일 것입니다. 사람을 떠나 와 자연을 만난 것입니다. 사람들과 노닐던 자리에 자연은 마치 그림자처럼 들어와 나를 마주하기 시작했던 것 같습니다. 나는 자연이 내 곁에 있다는 사실을 알시 못했습니다. 그러다 어느 날 내 곁에 자연이 자리하고 있다는 것을 알게 되었습니다. 외로움으로 가슴 한 켠이 텅 비어 있을 때 밤하늘의 별을 보면 텅 빈 가슴의 공허함이 치유되었고, 그리움에 눈가가 젖어 올 때 바람이 불면 눈가의 눈물이 소리 없이 지워지는 것을 느끼게 되었습니다. 자연은 외로움을 벗어나 희망을 보는 눈이었고 아픈 가슴을 만져 주는 치유의 손길이었습니다. 진정 위안을 주는 것은 이렇게 다 소리 없이 곁에 존재하는 것임을 나는 자연과 함께하면서 알게 되었습니다.

나는 어떻게 존재하고 있는가. 나는 결코 소리 없이 존재하지 못하고 있습니다. 나는 누군가에게 위안을 건네면 위안을 주었다고 말하고, 누군가에게 행복을 선사하면 행복을 선물했다 말하고, 누군가에게 도움을 주면 꼭 티를 내고야 마는 하찮은 존재의 모습으로 살아가고 있을 뿐입니다. 왜 말하지 않고 마치 그림자처럼 존재하지 못하는가. 침묵이 웅변보다 더 귀하다는 것을 자연에 깃들어 살아 본 사람이라면 알 수 있습니다.

사람들이 사는 세상은 말들의 세상이지만 자연의 세계는 말보다 깊은 가슴의 세계입니다. 느낄 수 있다면 그것이 최상의 언어라는 것을 알게 됩니다. 우리가 말을 하는 것이 소통을 위한 것이라면 느낌은 최상의 소통의 도구가 됩니다. 백 마디의 말이 단한 번의 느낌보다도 무력하다는 것을 우리는 이미 수없이 경험하며 살고 있습니다. 소통을 위한 말이 오히려 분열을 조장하고 삶과 사람을 등 돌리게 하는 일들을 우리는 수없이 경험하고 있습니다. 말의 이 부질없고 덧없음이여.

살다 보면 욕도 먹고 어쭙잖은 비판에도 직면하게 됩니다. 하지만 신경 쓰지 않습니다. 그것은 나의 일이 아니기 때문입니다. 나의 일은 부질없는 희론에 대답하는 것이 아니라 안으로 좀 더 깊어지는 것입니다. 그리하여 침묵과 만나고 진정한 이해와 만나는 것입니다. 말은 길날이 되어 상처를 남길 수도 있지만 바람은 결코 벨 수가 없습니다. 이 부드러운 사월의 바람을 어찌 칼날이 벨 수 있겠습니까. 사월의 부드러운 바람을 꿈꾸는 내게 말들은 다만 덧없을 뿐입니다.

사월의 남해는 꽃 천지입니다. 부드러운 바람결을 타고 꽃향기가 전해져 옵니다. 이 향기 역시 말을 떠나 있습니다. 말을 떠나 있으므로 그 어디에나 평등합니다. 향기에 가슴 설레는 것은 향기의 언어가 침묵이기 때문입니다. 베어도 베이지 않는 그 놀라운 힘이 부드러움이라는 것을 우리들은 얼마나 알고 살아가는 것일까요. 부드러운 사월의 바람에 내게 묻어 있던 말들의 잔해를 털어 냅니다. 카푸치노 같은 하늘의 구름들이 꽃잎처럼 바람을 타고 날아가고 있습니다.

이사 가는 날

숲이 어느새 녹음으로 물들어 갑니다. 연둣빛 숲의 여린 그 빛을 물들어 가는 녹음이 가리고 있습니다. 봄인가 싶었는데 숲은 어느덧 이른 여름을 말하고 있습니다. 숲은 무상함을 이렇게 색色으로 말합니다. 하지만 믿지 않습니다. 연둣빛 숲도, 녹음이 짙어져 가는 숲도 내게는 모두 정답고 아름다운 것이기 때문입니다. 어느 것 하나에 고정되어 있으면 변화가 마땅치 않은 것이 되지만 그 어디에도 고정되어 있지 않으면 그 어떤 것도 모두 좋은 것이 됩니다. 그래서 분별심分別心을 버리고 변화를 받아들이는 것이 행복의 조건이 된다고 우리 불가佛家에서는 말합니다.

변화는 사실 존재하는 모든 것의 본질입니다. 그런데도 우리는 변화를 받아들이지 못합니다. 고정되어 있기 때문입니다. 영원히 젊기를 바라고, 부자이기를 바라고, 건강하기를 바랍니다. 하지만 그것은 가능한 것이 아닙니다. 불가능한 것을 향해 가능해야 한다고 집착하는 것은 탐욕입니다.

　탐욕은 우리를 한 시점에 멈추게 합니다. 그 순간 우리는 자유를 잃게 됩니다. 탐욕이 많은 사람은 어쩌면 세상에서 가장 불쌍한 사람인지 모릅니다. 그는 한 대상에 집착함으로써 세상의 모든 가치를 잃어버리기 때문입니다. 하나도 얻지 못한 채 전부를 잃는 것이 탐욕의 셈법입니다. 이 막대한 손실의 셈법을 탐욕이 많은 사람은 끝내 알지 못합니다. 좋은 사람들과 사소한 기쁨과 행복을 모두 잃어버리는 것이 그 셈법의 결과라는 것을.

　이제 나는 또 이사를 갑니다. 이삿짐을 싸면서 나는 탐욕에 대해 생각했습니다. 물건 하나를 쌀 때마다 내 마음의 탐욕 숫자를 헤아리기 시작했습니다. 백 번이 더 지나도 그 번호가 끝나지 않았습니다. 급기야 내 마음에 탐욕이 이렇게 많았나 하고 나도 놀랄 지경이 되었습니다.

　안 되겠다 싶어 짐을 하나씩 버리기로 마음먹었습니다. 하나

씩 버릴 때마다 숫자도 하나씩 줄여 나갔습니다. 숫자를 얼마나
줄일 수 있을까. 많지 않았습니다. 하나를 버릴 때마다 머뭇거리
게 되었고, 그러다 마침내 버리는 것을 포기하게 되었습니다. 이
것도 버리면 나중에 필요할지 모르는데 하는 생각이 손을 잡아 묶
었습니다. 탐욕의 끈질긴 유혹이었습니다.

선방을 다닐 때 나의 짐은 그냥 걸망 하나를 조금 넘는 것에 지
나지 않았습니다. 그때는 정말 짐이 없었습니다. 그리고 짐이 있
어도 어디 둘 곳이 없었습니다. 입고 있는 옷과 걸망에 든 옷가지
와 비품 정도가 전부였습니다. 필요하면 그때그때 샀고 남들이 입
던 옷가지도 기쁘게 얻어 입고는 했습니다. 삶이 참 단출했던 시
절이었습니다. 그때 느낀 것이 있습니다. 소유가 적으면 마음이
참 가벼워진다는 것입니다. 그때 내 마음은 내일에 대한 걱정이
없었습니다. 내일은 그냥 내일 가서 만나는 오늘일 뿐이었습니다.
시간의 하중이 없었으므로 사는 것이 편하고 자유로웠습니다.

이후 몇 번 짐을 쌌습니다. 그때마다 자꾸만 늘어나는 짐과 만나게 되었습니다. 짐을 쌀 때마다 늘어나는 짐이 내 탐욕의 결과라는 생각이 들었습니다. '이 많은 짐이 과연 내게 꼭 필요한 것일까' 하고 물으면 내 안의 나는 '그렇다'고 답합니다. 하지만 더 깊은 곳의 나는 '필요치 않으니 버리라'고 합니다. 이렇게 이삿짐을 쌀 때마다 '탐욕을 좇으려는 나'와 '탐욕을 버리려는 나' 사이에서 나는 갈등합니다. 이번에 이삿짐을 싸면서도 이 갈등이 계속되었습니다. 어느 나를 따라야 할까요.

이제 나는 이사에 대해 내 나름의 정의가 생겼습니다. 이사는 단순한 공간 이동이 아니라 마음의 이동이라는 것입니다. 마음을 옮겨서 내 안에 있는 '탐욕을 버리려는 나'를 만나는 일이라고 나는 이사를 정의하게 되었습니다. 이사를 할 때마다 갈등을 겪지만 그것 역시 좋은 수행의 계기인 셈입니다. 자꾸 이사를 다니다 보면 버리는 데 익숙해질 것이고, 그러면 다시 탐욕이 사라진 자리에서 삶의 자유와 기쁨을 만나게 될 것입니다.

숲이 신록에서 녹음으로 이동하듯이 우리 역시 끊임없이 이동하며 살아가야 합니다. 이것이 존재하는 모든 것의 본질입니다. 그리고 그 이동은 삶에서 다시 죽음으로 이어집니다. 나는 삶에서 죽음으로 이사 가는 날을 자주 생각해 봅니다. 그때 나의 모습은 어떨까. 의연할까 아니면 두려워할까. 두려움에 떨고 있을 것이라는 생각이 강하게 밀려옵니다. 탐욕의 무게만큼 두려움이 따라온다는 것을 나는 알고 있기 때문입니다. 죽는 그 순간까지도 탐욕을 버리지 못한다면 삶은 볼품없는 졸작拙作이 되어 버리고 말 것입니다.

이제 나는 팔 년 동안 머물던 용문사를 떠나 이사를 갑니다. 그 이사가 단순한 공간 이동에 그친다면 탐욕을 버릴 좋은 기회를 놓치고 마는 어리석음을 범하는 셈입니다. 이사를 가면서 내 안에 뿌리 깊게 자리한 탐욕 하나를 버려야 진정한 이사라 할 수 있을 것입니다. 아주 작은 암자로 가니 탐욕의 크기도 작아져야 합니다. 그것이 작은 암자로 이사 가는 자의 기쁨이 아니겠습니까. 암자로 오르는 길, 새소리가 유난히 투명합니다.

스리랑카에서 맞은 두 개의 바람風

스리랑카에 가자는 전화를 받았습니다. 부처님 진신사리 이운移運 법요식에 참석하기 위한 것이라고 했습니다. 나는 망설이지 않고 가겠다고 답했습니다.

늦은 밤 비행기를 타고 인천공항을 출발했습니다. 자정이 다 되어서 이륙한 비행기는 여덟 시간을 날아서 우리 일행을 콜롬보 공항에 내려놓았습니다. 낯선 동남아 공항이 지니는 특이한 냄새. 그것은 습기가 뿜어내는 이국異國의 냄새이기도 합니다. 나는 그 낯선 냄새를 좋아합니다. 사리 이운 법요식에 참석하기 위해 온 대중이 저만치 앞서갈 때도 나는 그 냄새 속에서 여행자의 기분을 느꼈습니다. 마치 혼자 여행을 떠난 사람처럼.

스리랑카의 거리에 아침이 찾아오고 우리는 수부티 사원을 참배했습니다. 그날은 일요일이었습니다. 일요일이면 스리랑카 학생들은 오전 내내 사원에서 불교 공부를 한다고 합니다. 그날은 한국에서 온 우리를 환영하기 위해서 하얀 옷을 입은 남녀 학생들이 건물의 라인을 따라 줄을 길게 서 있었습니다.

　나는 하생들 앞을 지나며 그들의 눈동자를 보았습니다. 새까만 피부와 브이 라인의 얼굴 그리고 깊고 검은 눈. 그 눈을 바라보며 나는 아이들에게 손을 흔들어 보이기도 하고 웃음을 지어 보이기도 했습니다. 슬픈 듯 깊은 그 눈은 어쩌면 부처님의 비원悲願이 담긴 눈빛이라는 생각이 들었습니다. 나도 그런 눈빛을 갖고 싶었습니다. 그런 눈빛으로 세상을 바라보면 아무런 미움 없이 세상 사람 모두를 사랑할 수 있을 것만 같았습니다.

　다음 날 우리는 담불라로 이동해 유네스코에 기록된 세계 팔대 불가사의 중 하나인 시기리아의 바위 궁전을 보았습니다. 시기리아 바위 궁전은 가파른 경사길을 따라 삼백칠십 미터의 화강암 바위 정상에 있었습니다. 철제 계단을 따라 올라가는 내내 거센 바람이 불었습니다. 이상한 일이었습니다. 바로 아래 평지에는 바람이 없는데 바위를 끼고 올라가는 길에는 몸이 날아갈 것 같은 바람이 불었습니다.

　이 바람은 어디서 오는 것일까. 바위 궁전의 설립 역사를 듣고 나는 생각했습니다. 그 바람은 천륜天倫을 저버린 역사의 깊은 아픔으로부터 불어오는 것이라고. 왕권 찬탈을 위해 부왕을 죽인 고뇌를 스스로 치유하기 위해 선왕의 꿈이었던 시기리아 바위산 위에 카샤파 왕은 궁전을 짓게 되었다고 합니다. 하지만 바위산에 궁전을 짓는다고 천륜을 저버린 아픔이 사라질 수 있겠습니까. 천륜을 저버린 카샤파 왕의 고뇌가 오랜 시간이 지난 지금도 여전히 시기리아 궁전을 통한의 바람이 되어 떠돌고 있는 것만 같았습니다.

　그날 오후 고대 도시인 플론나루와에 있는 갈위하라라는 암반 사원에서 바람 하나를 또 만났습니다. 그곳은 어느 거대한 바위에 부처님의 좌상과 입상과 열반상을 모신 곳이었습니다. 그중에서도 부처님의 열반 모습은 눈길을 놓아주지 않았습니다. 사람들은 누구나 부처님의 열반 표정 앞에서 감탄했습니다. 부처님에게는 죽음마저도 즐거움이 있나 하는 생각이 들 성도로 부처님의 표정은 그윽한 미소를 그리고 있었습니다.

나는 부처님의 열반 표정을 더 보고자 반대편 너럭바위에 가서 앉았습니다. 보리수 잎 그늘 아래서 부드러운 바람을 맞으며 바라보는 열반에 든 부처님의 표정은 수행의 아름다움을 보여 주는 것만 같았습니다. '깨달음은 부드러운 것, 깨달음은 죽음마저도 미소이게 하는 것.' 부처님은 마치 부드러운 보리수 잎 바람이 되어 내게 열반의 노래를 들려주는 것만 같았습니다.

열반涅槃, 그것은 육신의 죽음을 의미하기도 하지만 일체의 번뇌의 사라짐을 의미하는 것입니다. 적어도 수행자라면 육신이 사라질 때 그 마음의 번뇌 불마저도 꺼 버려야 한다는 당위를 부처님 열반의 미소는 말하고 있었습니다. 부드러운 보리수 잎 바람이 되어 날리는 부처님 열반의 미소. 나는 그 바람 속에서 나의 번뇌를 날리고 또 날리며 선정禪定에 잠겼습니다.

스리랑카의 사원을 참배할 때 우리는 맨발이어야 했습니다. 그것은 순수한 마음으로 부처님에게 다가오라는 의미라고 나는 생각했습니다. 한 생각도 일어나지 않는 자리가 부처님이라면 분열된 마음은 중생일 수밖에 없을 터. 인간의 오만이 남아 있는 저 밑바닥까지도 다 버리고 오라는 듯이 스리랑카의 사원들은 맨발의 참배를 당연시했습니다. 걸을 때마다 달궈진 지표면에 닿는 발바닥의 뜨거움. 나는 그 뜨거움으로 마음이 모이는 나를 발견할 수 있었습니다.

우리들 마음에도 어쩌면 두 개의 바람이 불고 있는지도 모릅니다. 모순된 두 바람은 우리에게 분열을 낳고 고뇌를 남깁니다. 선善과 악惡, 거짓과 진실, 정의와 불의. 그리고 탈속脫俗과 집착. 언제나 마음에서 부는 이 두 바람은 그칠까요. 그래서 부처님과도 같은 하나된 순수한 마음으로 열반의 바람을 향해 가슴을 벌리고 걸어갈 날은 언제일까요.

　고뇌하는 나의 물음 앞에 맨발의 수행자들과 아이들의 검고 깊은 눈이 떠올랐습니다. 나는 어쩌면 그것을 내 삶의 답으로 오래 기억할 것만 같았습니다.

중이 중같이 살던 시절

오래전 스님들은 참 힘들게 살았습니다. 먹을 것이 없던 시절 스님들의 삶은 힘들었고 그 시절 이야기는 지금의 내게 감동을 남깁니다.

칠불사에서 원주를 살던 스님은 절의 일주일 치 부식과 일용품을 구입하기 위해 화개까지 걸어 다녀야 했습니다. 칠불에서 화개까지의 거리는 걸어 다니기에는 아주 먼 길입니다. 걸망은 포대화상의 포대보다 훨씬 큰 것이었습니다. 화개에 와 장을 보고 나면 그 걸망의 무게가 사십 킬로그램을 넘었습니다. 화개에서 칠불까지 택시비는 만 원. 하지만 그것이 아까워 택시 주변을 맴돌다 버스를 기다렸다 탔습니다. 버스는 쌍계사로 이르는 길 입구까지만 가는 것이었습니다. 나머지 그 먼 길은 걸어가야 했습니다. 절에 차가 없던 시절 걸어가다 보면 다리가 후들거리고 어깨가 아파 왔습니다. 한참을 걸어 칠불사 아랫마을 다리 밑에 이르렀을 때 코에서 피가 나는 것 같았습니다. 걸망을 벗어 놓고 다리 밑 계곡에 가서 코를 닦다가 코피가 얼마나 나나 세어 보기로 했습니다. 한 방울 두 방울. 삼백육십 방울이 떨어지는 것을 세고 있을 때 자동차 경적 소리를 들었습니다. 스님은 얼른 코를 틀어막고 다리 위로 쫓아 올라갔습니다. 부산서 칠불 다니시던 보살님들이 화개에서 택시를 타고 오다가 다리 위에 놓인 걸망을 보고 클랙슨을 울린 것입니다. 그래서 택시를 타고 편하게 올라갈 수 있었습니다.

스님은 이야기를 마치고 말했습니다. "그 만 원이 뭐라고. 그래도 그 시절이 정말 중같이 살던 시절이지." 어렵고 힘든 시절에 어쩌면 삶의 원형질이 있는 것 같습니다. 모든 것이 풍족해진 지금은 그때 가난한 날들의 맑은 행복이 없는 것 같습니다. 예전의 그 힘든 날들을 회상하는 스님의 얼굴에는 아주 흐뭇한 미소가 흘렀습니다.

풍경

　　해제를 했습니다. 컴컴한 계단을 살피며 공양을 하러 삼삼오오 내려오던 스님들 모습도 이제는 볼 수 없습니다. 절집의 아름다운 풍경 하나가 해제를 맞아 지워진 것입니다. 이제 다시 그 아름다운 풍경을 만나기 위해서는 결제 때까지 기다려야 합니다. 절집에 산다는 것은 이렇게 풍경을 그리고 다시 기다리는 것을 의미합니다.

　　나는 절에 들어와 많은 삶의 풍경들을 그렸습니다. 그 풍경들은 아름다운 것도 있고 또 추한 것도 있습니다. 하지만 절집에서 내가 만나거나 그린 풍경의 많은 부분은 아름다운 것이었다고 말할 수 있습니다. 설혹 세간에서 보면 스님들의 삶이 뭐 저래, 할 수 있을지 모르지만 절집은 세간의 눈길로는 미칠 수 없는 아름다운 근본을 가지고 있습니다.

　　절집에 살면서 내가 만난 아름다운 풍경 하나는 새벽 간경이었습니다. 해인사 강원 시절 학인 스님들은 새벽 예불을 마치면

아침 공양 시간까지 큰 소리로 경을 읽고는 했습니다. 한 시간 반
정도의 간경 시간은 또한 졸음을 참기 위해 애쓰는 시간이기도 했
습니다. 졸음이 올수록 우리는 목소리 톤을 올리고는 했습니다.
마치 큰 목소리에 졸음이 놀라 도망가기라도 바라는 사람들처럼.
하지만 졸음은 쉽게 사라지지 않았고 그때마다 아프게 허벅지를
꼬집고는 했습니다.

어느 날 배가 아파 간경을 하다 말고 해우소를 다녀오다가 나
는 보았습니다. 한지의 불빛을 타고 들려오는 학인 스님들의 간경
소리와 한지에 그려진 글 읽는 스님들의 모습을.

학인들의 새벽 간경 풍경은 아직도 내 가슴에 아름답게 남아
있습니다. 그리고 그것은 내게 말합니다. 아름다운 삶은 아름다
운 삶의 풍경을 그리는 것이라고.

먼 훗날 우리들의 삶 역시 수많은 풍경으로 남게 됩니다. 그
때 돌아보는 삶의 풍경들이 아름답다면 우리는 자신이 살아온 한

생애를 바라보며 미소 지을 수 있을 겁니다. 그날을 위해 나는 오늘도 가장 맑은 마음으로 아름다운 삶의 풍경을 그릴 수 있기를 기도합니다.

•

커피와 스님

요즘은 스님들도 커피를 즐겨 마십니다. 선방 스님들도 예외는 아닙니다. 지난 동안거 때는 선방에 올라가 커피를 내려 마시는 자리에 동석하는 시간이 참 많았습니다. 산사에서 마시는 커피는 도시의 커피집에서 마시던 커피와는 맛이 달랐습니다. 커피를 한 모금 마시고 밖을 바라보면 아주 상쾌한 먼 이국의 향기가 전해져 오는 것만 같았습니다.

유난히 맛있는 커피는 선방 위 토굴에 사는 스님이 매일 대중 공양을 내는 것이었습니다. 건강상의 이유로 스님은 산 중턱에 자리한 토굴에서 혼자 거처하고 있었습니다. 언제나 나무를 해 불을 때고 나면 남은 알불을 보며 '무엇을 할까' 하고 생각하다가 고안해 낸 것이 커피를 볶는 것이었다고 합니다. 스님은 아마 그 전에도 커피를 직접 볶아서 드셨나 봅니다. 알불에 커피를 볶으며 스님들의 입맛에 가장 맞는 그 맛을 잡아내는 것이 스님에게는 즐거움이었습니다. 커피를 볶고 혼자 맛을 음미하는 새벽 시간이면 산중에 사는 즐거움이 한가득 입에 고이는 것만 같다고 했습니다. 스님은 그렇게 지극한 커피의 맛과 함께 새벽을 맞이하곤 했습니다.

스님이 점심 공양을 하기 위해 선방에 내려오면 대중 스님들은 스님 배낭에 담긴 커피 맛을 궁금해했습니다. 오늘은 커피 맛이 어떨까. 반쯤은 커피의 고수들인 스님들의 입맛을 맞추기는 여간 까다로운 일이 아니었습니다. 때로는 혹독한 평가에 고개를 들지 못할 때도 있었습니다. 스님은 그 많은 주문들을 기억이라도 하려는 듯이 열심히 들었습니다. 스님에게는 내일의 커피를 위한 처방전이 되는 셈이었습니다.

지난 동안거와 산철 내내 나는 스님의 커피를 마셨습니다. 커피를 마시며 커피 향 같은 스님의 토굴살이도 그려 보았습니다. 알불에 커피를 볶으며 바라보는 새벽 별. 향과 빛 사이에 스님은 마치 그림자처럼 서 있었습니다. 그것은 한 장의 아름다운 풍경화였습니다. 하안거 결제 전날 나는 그가 토굴을 떠난 것을 알았습니다. 스님이 떠난 사리에 커피 향만 남아 있는 것 같았습니다. 이번 하안거 내내 나는 어쩌면 스님의 자연을 닮은 커피 맛을 그리워하게 될지도 모릅니다.

사랑하십시오

지금 안심을 선택하십시오.
그러면 고통이 사라지는 것을
느낄 수 있습니다.

지금 안심을 선택하라

　"우린 언제 편해질 수 있을까?" 이런 질문 앞에 서면 난 항상 "지금"이라고 말합니다. 다만 우리가 지금 편안함을 선택하지 않았을 뿐입니다.

　불행하게도 우리는 지금 편안함을 선택하는 데 무척이나 서툽니다. '이것만 하고 나면 편해지겠지' '저것만 얻게 되면 편해지겠지' 하며 편안함을 미루곤 합니다. 하지만 그때가 되면 또 다른 문제들이 당신의 편한 마음을 가로막습니다. 우리는 오히려 고통을 선택하는 데 익숙한 것입니다. 지금 안심을 선택하십시오. 그러면 고통이 사라지는 것을 느낄 수 있습니다.

내 마음 하나

　　모든 산을 가죽으로 다 덮기는 어렵습니다. 하지만 자신의 발을 가죽으로 감싸면 모든 산을 가죽으로 덮은 것과 똑같은 효과를 낼 수 있습니다. 『입보리행론』에 나오는 이야기입니다. 중요한 것은 자신의 마음입니다. 수없이 만나는 수많은 경계를 어떡할 방법이 우리에게는 없습니다. 그러나 그 수많은 경계는 우리들의 마음을 통해서 지각되는 것들입니다. 자신의 마음 하나를 잘 다스릴 수 있다면 우리는 수없이 많은 경계를 잘 다스릴 수 있게 되는 것입니다.

　　왜 이리 문제가 많지, 하는 순간은 당신의 마음이 산만한 때입니다. 수없이 많은 문제가 발생하더라도 당신이 당신의 마음을 잘 제어한다면 그 문제들은 어지러움의 위력을 상실하게 될 것입니다.

　　문제를 좇아가지 말고 마음의 움직임을 살피는 일이 문제를 대하는 가장 바른 방법일 수 있습니다. 산을 다 가죽으로 덮기는 어렵지만 자신의 발을 가죽으로 감싸기는 쉬운 일입니다. 하지만 사람들은 이 쉬운 일은 미다하고 온 산을 가죽으로 다 덮는 그 어려운 일을 하고자 오늘도 헐떡이고 있습니다.

　당신도 혹 그렇지 않습니까. 부처님 앞에 촛불을 밝히고 기도를 올리는 순간 당신은 비로소 당신의 발을 가죽으로 감싸는 사람이 될 수 있습니다.

달구경

　　보름이면 나는 늦게까지 달구경을 합니다. 하늘 가까운 암자에 사는지라 달빛의 은성함이 더욱 생생합니다. 삶이 축복이라는 생각을 달빛은 일깨워 줍니다. "가진 것이 없으면 어떻고 또 내가 사는 절이 크지 않으면 어떠랴. 달빛 하나로도 이렇게 행복해지는 착한 삶이 나의 삶인 것을." 달빛이 밝은 보름이면 나는 행복에 겨워 이렇게 자신에게 흥에 겨운 말을 건넵니다.

　　어제는 달빛이 유독 더 밝았습니다. 달빛에 취해 동요를 들었습니다. "뜸북 뜸북 뜸북새 논에서 울고/ 뻐꾹 뻐꾹 뻐꾹새 숲에서 울 제/ 우리 오빠 말 타고 서울 가시면/ 비단구두 사가지고 오신다더니…." 듣다 보니 오빠도 없는데 눈물이 났습니다. 오빠는 없지만 이별과 기다림은 있었기 때문입니다. 말 타고 서울 간 오빠 그리고 비단구두는 삶의 아름다움은 고운 정서 안에 있다는 것을 아주 작은 소리로 들려줍니다.

가만히 생각해 보면 먹을 것 없어 가난했던 어린 시절이 행복이었습니다. 그때는 함께 살았고 또 달빛처럼 환하게 함께 모여 웃었기 때문입니다. 달빛 아래서 동요를 들으며 나는 생각했습니다. 한 달에 한 번은 어린 시절의 서정 속으로 돌아가자고. 어른이어서 지녀야 했던 체면도 잊고 책임감도 버리고 그저 달빛 아래서 서정의 반짝임으로 빛나는 하루를 살자고 내게 약속했습니다.

사는 것이 행복하지 않은 것은 많이 소유하지 못했기 때문만은 아닙니다. 기대어 즐겁게 눈 감을 정서가 없기 때문이기도 합니다. 달빛 아래서 동요를 들으며 눈을 감으면 아버지 어머니가 떠오르고 행복했던 날들의 동무들의 웃음소리가 들려옵니다. 내 삶의 회복기의 아침이 달빛 속에 있었다는 것을 나는 역설적이게도 늙어서야 발견한 것입니다. 이제 나는 암자에 놓인 그네에 앉아 달빛을 타며 달처럼 웃습니다. 그리운 모든 것들이 달빛을 타고 내게 오는 것만 같습니다.

날 서운하게 한 사람을 대하는
세 가지 방법

관계가 좋았던 사람이 갑자기 서운하게 대할 때 여러분은 어떻게 하십니까? 서운하다고 같이 서운하게 대하면 관계는 끝장날지 모릅니다.

나는 그럴 때 그 사람이 제게 잘해 준 많은 것을 떠올립니다. 그러고는 이렇게 정리를 합니다. 잘해 준 것이 섭섭하게 한 것보다 훨씬 많네, 하고 말입니다.

두 번째는 그 사람 입장에서 생각해 보는 것입니다. 그러면 그럴 수도 있겠다는 생각이 들기도 합니다. 역지사지입니다. 우리는 늘 자신의 입장과 관점에서만 사고합니다. 마치 우물 안 개구리처럼. 나는 가끔 우물 안이 싫어져 뛰쳐나오고는 합니다. 나와 보면 푸른 하늘이 얼마나 좋은지 알게 됩니다.

세 번째는 아주 극단적이지만 이렇게도 생각합니다. 자기 생각 가지고 자기 멋대로 하는데 내가 무슨 상관이람. 우리는 상대의 생각까지도 지배하려는 못된 구석이 있습니다. 그래서 다투고 마음 아파합니다. 하지만 상대의 생각은 지배하는 것이 아니라 바라보고 이해해야 할 대상입니다.

나는 이렇게 생각하며 사람들을 대합니다. 그래도 여전히 섭섭할 때가 있곤 합니다.

하지만 이런 원칙이 있으면 섭섭해도 영 섭섭하지는 않습니다. 그 속에서 내 마음이 성장해 가기 때문입니다. 사람 관계는 마음 수련의 가장 멋진 도량입니다. 그것은 치열한 실재이기에 그런 것입니다. 오늘도 활발발한 도량에서 멋지게 마음 수련 하십시오.

나무야 너도 복을 지으렴

　　　　　　일주일에 두세 번 절 뒤에 자리한 호
구산을 오릅니다. 높지는 않지만 경사도는 굉장합니다. 걷다 보
면 온몸이 땀에 젖을 정도니까요. 하지만 숨을 헐떡이며 오를 만
한 가치가 있는 산입니다. 호구산 정상에 서면 길게 이어진 들녘
과 아기자기한 마을을 거느린 바다가 사방으로 그림처럼 펼쳐지
기 때문입니다.

　　오늘도 역시 산에 올랐습니다. 오르다 곳곳에 놓인 나무 지팡
이를 보았습니다. 전에는 없던 것이었습니다. 누군가 손에 쥐고
산길을 오르기에 딱 알맞은 크기로 나무를 베어서 여러 곳에 놓아
둔 것 같았습니다.

　　어느 등산객이 이렇게 아름다운 마음을 냈을까. 고마운 마음
으로 나무 지팡이 두 개를 양손에 쥐고 산을 올랐습니다. 산길을
오르는 것이 한결 편했습니다. 새삼 이렇게 나무 지팡이를 마련해
준 누군가가 고마웠습니다. 땀을 흘리며 절에 들어서는 내게 함께

사는 스님이 그 지팡이를 보며 반가워했습니다.

　"어, 그 지팡이 들고 내려오셨네. 그 지팡이 내가 산 여기저기에 놓아두었던 것인데."

　나는 비로소 그 지팡이를 만들어 놓은 사람이 함께 사는 스님임을 알게 되었습니다. 순간 스님이 참 아름다워 보였습니다. 하지만 정말 내가 감동을 받은 것은 그다음에 이어지는 스님의 이야기였습니다. "등산객도 등산객이지만 나무들도 복 좀 지으라고요." 나무들까지도 복을 지어야 한다는 그 마음은 내게는 없는 마음이었습니다. 함께 같은 산에 살아도 마음의 깊이는 이렇게 차이가 납니다.

　스님은 내게 그 지팡이를 다시 절 법당 앞 등산로 입구에 놓아두라고 했습니다. 그러면 등산객이 다시 그 지팡이를 의지해 산에 오를 것이고 나무는 복을 짓게 되지 않겠느냐고. 나는 그것을 등산로 입구에 놓아두며 나무 지팡이에게 말했습니다.

"너 , 오늘 복 많이 지었다. 정말 수고했어. 이제 산을 지키고 있는 나무들이 등산객들의 손에 들린 너를 보면 부러워할지도 몰라. 복 짓는 너의 빛나는 모습에 말이야."

또 누군가를 기다릴 나무 지팡이의 기다림에 미소가 보이는 것만 같았습니다.

나무들까지도
복을 지어야 한다는
그 마음은
내게는 없는
마음이었습니다.

성품의 그늘

염불암 입구에는 느티나무 한 그루가
있습니다. 수령을 알 수 없지만 그 그늘은 오랜 세월의 크기와 깊
이를 지니고 있습니다. 사람들은 느티나무를 만지며 그 오랜 세
월의 촉감을 느낍니다. 사람들은 알까요. 그 그늘이 오랜 세월을
살아온 느티나무의 성품이라는 것을. 그 성품 아래서 우리가 편
안한 것은 그 성품의 후덕함 때문이라는 것을. 오래 살면 살수록
나무의 그늘은 커지고 깊어집니다. 살수록 성품이 후덕해지는
것입니다.

그러고 보니 나도 살아온 세월이 적지 않습니다. 내 성품의
그늘 아래서는 몇 사람이나 쉬어 갔을까. 잘 알 수가 없습니다. 저
나무의 성품처럼 후덕해져야겠습니다. 누군가 지나치다 편히 쉬
었다 갈 수 있도록 말입니다.

●

번뇌의 무게

오늘은 법당 앞 잔대를 땀 흘려 베고 나서 느티나무 그늘 아래 벤치에 앉아 글을 씁니다. 바람이 불고 새가 노래하고 내 몸에 붙은 땀들도 기분 좋게 날아갑니다. 몸으로 사는 삶의 즐거운 한때를 지금 나는 만나는 중입니다.

하지만 이곳 생활이 언제나 행복한 것은 아닙니다. 때로 무료하고 때로 짜증이 나지만 그때마다 행복해지기 위해 노력합니다. 무료할 땐 걷고 짜증이 날 때면 가만히 가부좌하고 복부의 일어남과 사라짐을 관합니다. 그리움이 밀려올 때면 음악을 듣거나 커피를 내려 마십니다. 그리움이 커피 향보다 가볍다는 것도 염불암에 와서 알게 되었습니다.

번뇌도 어쩌면 커피 향보다 가벼운 것인지 모르겠습니다. 느티나무 그늘 벤치에 앉아 당신을 향해서 글을 쓰는 이 순간의 행복이 참 지극하다는 생각이 듭니다.

안전모 위 꽃 리본

하얀 안전모 위에 달린 부처님 오신 날을 봉축하는 꽃 리본이 눈길을 끕니다. 나는 이미 잊은 꽃 리본을 누군가는 안전을 기원하는 부적으로 쓰고 있습니다. 날마다 바다에 나가 바람과 물결을 헤치고 생활을 건져 오는 사람들. 그들의 생활에는 거센 힘줄의 질긴 맛이 있고 바다의 짠맛이 가득 배어 있습니다. 그러나 그들은 한편으로 얼마나 여리고 섬세한 사람들입니까. 부처님 오신 날이 한참 지났어도 저 봉축 리본을 모시고 안전을 기원하니. 그들에겐 부처님이 안전이고 재수일 뿐입니다. 하지만 누가 그들의 부처님을 낮다고 비하할 수 있겠습니까.

오늘도 바다엔 바람이 불고 물결이 입니다. 거센 바람에 흔들리는 리본처럼 그들 역시 흔들리기는 하나 떨어져 포기하지는 않습니다. 부처님은 열심히 사는 사람들의 편입니다. 삶이 절실할수록 부처님은 그들 가까이에 있습니다.

•

무덤의 이야기

벌초를 왔나 봅니다. 아버지는 벌초를 하고 아이들은 비눗방울을 불며 놉니다. 할아버지 할머니 계신 무덤도 아이들에게는 즐거운 놀이터입니다. 무덤 속에서 할아버지 할머니는 얼마나 흐뭇하실까요. 아마 손자 손녀에게 이런 이야기를 건네고 싶으실 터입니다.

"얘들아 인생이란 지금 너희들이 환호하는 비눗방울 같은 것이란다. 아주 매혹적이지만 잡으려 하면 터져 버려 결코 잡을 수 없는 비눗방울 같은 것. 그러니 잡으려 하지 말거라. 돈도 명예도 사랑까지도 잡으려 하지 말거라. 그 어떤 것도 모두 지나가는 것이니 그냥 아름답게 작별하는 법을 배우고 살아라. 그것이 내가 살아온 인생 이야기라는 것을 너희들은 아마 살아서는 깨닫지 못할 게야. 그래도 나는 너희들에게 이 이야기를 꼭 들려주고 싶구나. 그것이 진정 인생을 멋지게 사는 일이기 때문이지."

꽃이 되는 것들

　　　　　　　저녁 공양을 마친 시간에도 볕은 여전
히 따갑습니다. 여름은 볕이 넘치는 시간입니다. 그 넘치는 볕을
우리는 물리쳐도 식물들은 아주 흡족하게 흡수하고 있습니다. 꽃
을 보고 있노라면 볕의 모양이 그려집니다.

　나는 한때 형상 없는 것들의 모습이 궁금한 적이 있었습니다.
바람의 모습이 그리워 제주와 대관령 고개를 찾은 적이 있습니다.
제주에서는 사진작가 김영갑의 노을과 함께 쓰러지는 억새의 모
습을 보았고 대관령 고개에서는 바람에 날리는 도반의 옷고름과
눈가에 흩어지는 미소를 보았습니다. 그것은 내가 최초로 본 바람
의 모습이었습니다. 지금도 바람이 부는 날이면 그때의 사진 한
장과 바람결에 흩어지는 도반의 미소가 보이는 것만 같습니다.

　내게 햇살의 모습을 일러 준 이는 노스님입니다. 스님은 꽃을
좋아하셔서 도량 어디에나 꽃을 심으십니다. 길을 걷다가 혹은 어
디에 머무르시다가 좋은 꽃이 보이면 손수 캐어 와 도량에 심고는

하십니다. 그래서 우리 도량에는 멀리 섬에서 온 수국도 있고 접시꽃도 있습니다.

"옥수수 잎에 빗방울이 나립니다/ 오늘도 또 하루를 살았습니다/ 낙엽이 지고 찬바람이 부는 때까지/ 우리에게 남아 있는 날들은/ 참으로 짧습니다/ 아침이면 머리맡에 흔적 없이 빠진 머리칼이 쌓이듯/ 생명은 당신의 몸을 우수수 빠져나갑니다…."

키 큰 접시꽃을 지지대에 묶는 동안 나는 노스님의 뒤에 서서 도종환의 시 '접시꽃 당신'을 떠올렸습니다. 접시꽃 꺾이지 말라고 꽃대를 지지대에 묶는 노스님의 손길이 마치 자신의 삶을 떼내어 꽃에게 건네주는 것만 같았습니다. 꽃의 안부를 염려하는 그 마음에서 향기를 맡았습니다. 그것은 생명의 교감이기도 했습니다.

가장 아름다운 삶은 자신의 삶을 떼어 내어 누군가에게 건네는 것입니다. 꽃도 햇살이 자신의 삶을 떼어 준 것입니다. 씨앗에서부터 꽃이 되기까지 햇살은 자신의 삶을 꽃에게 건네주었습니다. 꽃대를 묶는 스님의 손길이 점점 꽃으로 변하는 것을 나는 보았습니다. 순간 햇살의 모습이 꽃이라는 것을 나는 알았습니다. 하늘에서 꽃들이 찬찬히 떨어지는 것만 같았습니다.

●

용소마을 할머니

　　어제는 절 아래 용소마을에 사시는 할
머니 한 분이 다녀가셨습니다. 차를 한잔 드리니 말씀은 차 열 잔
값은 하셨습니다. 말씀을 얼마나 감칠나게 하시던지 극작가 김수
현 선생의 드라마를 능가하는 수준이었습니다.

　　"스님은 심심하시겠어요. 저는 바빠 죽겠어요. 저녁에는 옆
집 옥자에게 가야죠. 시간 좀 나면 부산 아들딸네 가야죠. 이렇게
절에도 와야죠. 하여튼 놀 시간이 없다니까요."

　　할머니의 지론은 즐겁게 살자, 입니다. 좋지요. 즐겁게 살자
면 마음이 가벼워야 합니다. 그리고 안 좋은 기억은 빨리 잊어야
합니다. 또 베푸는 것이 습관이 되어야 하고 모든 일을 인과로 받
아들여야 합니다. 지금 하나 손해 보면 나중에 두 개 이익이 된다
는 믿음 같은 것 말입니다.

　　즐거운 삶은 그냥 오지 않습니다. 마음을 비운 자리에만 찾아
옵니다.

지는 게 이기는 거

"지는 게 이기는 거다"라는 말씀을 나는 이해하지 못했습니다. 지는 것은 지는 것이고 이기는 것은 이기는 것이지, 어찌 그 역설이 가능이나 한 것이겠습니까. 또 "맞은 사람은 두 다리 쭉 뻗고 자고 때린 사람은 벌벌 떨며 잔다"는 말도 이해할 수 없었습니다. 맞은 사람은 분노로 밤을 꼬박 새울 것이기 때문입니다.

하지만 세월이 흐르고 불교를 만나면서부터 나는 승패의 역설을 이해하기 시작했습니다. 그것은 나만 알고 나의 관점만 고집하던 자신을 벗어났다는 것을 의미합니다. 나를 벗어나 나와 너를 다 볼 수 있게 되면, 지는 것이 이기는 것이고 맞는 것이 편하다는 것을 알게 됩니다. 누군가를 때리면 그 사람의 아픔이 자신의 아픔보다 더 크게 다가오는 것이 생명의 참다운 이치입니다.

부처님은 진리를 설하실 때 대중의 이해를 구하지 않으셨다고 합니다. 그에게 중요한 것은 이해가 아니라 진리였습니다. 내가 들었던 어머니의 말씀도 지금 생각해 보면 진리였습니다. 난 어머니께 "그건 이해할 수도 받아들일 수도 없는 말씀"이라고 해도 어머니는 그 말씀을 멈추지 않으셨습니다. 나는 이제 지는 게 이기는 것이라는 말씀을 깨닫게 되었습니다. 나는 어머니의 말씀이 참이었다는 것을 이제야 알게 된 것입니다.

부처님의 말씀도 언젠가 우리가 깨닫게 되면 무릎을 치는 순간이 오게 될 겁니다. 이해할 수 없다고 진리를 추구하지 않는 것은 어리석은 일입니다. 진리를 끌어내려 자신에게 맞출 것이 아니라 우리가 진리의 높이로 고양되기 위해 노력해야 합니다. 이것이 멋진 인생 아닐까요.

자연의 힘

　　　　　　　　점심 공양을 마치고 차를 마시려는데
사람들 소리가 났습니다. 인적 드문 암자에 누군가 싶어 문을 열
고 밖을 내다보았습니다. "성전 스님 아니세요?" 보살님 한 분이
인사를 했습니다. "어디서 오셨나요?" "요 아래 화계에서 왔어
요." 하지만 처음 보는 분들이었습니다.

　그들은 서울서 살다가 이곳에 온 지 그리 오래되지 않은 부부
였습니다. 오래전 남해에 처음 왔을 때 죽기 전에 꼭 한번 와서 살
아 봐야겠다는 생각을 했었다고 합니다. 벚꽃이 분분히 날리는 남
해대교의 풍경에 넋을 잃고 그들은 그렇게 다짐했던 것입니다. 하
지만 서울을 떠나기는 쉽지 않았습니다. 사는 것이 바빠 '남해의
다짐'을 그들은 까맣게 잊고 살았습니다. 그러다 남편이 어느 날
심장이 터져 죽을 것만 같은 순간을 만났습니다. 병원에 갔더니
공황장애라고 했습니다. 부부는 문득 남해를 떠올렸습니다. 부부
는 생의 마지막을 살고자 남해를 향해 떠나왔습니다.

남해에 와 바다가 보이는 곳에 그들은 이층집을 짓고 삽니다. 남편은 편백나무 숲길과 바다를 날마다 걸으며 지냅니다. 나는 그에게 건강이 어떠냐고 물었습니다. "요즘은 좋습니다. 심장이 터질 것 같은 일도 없고요, 그냥 모든 것이 너무 편합니다." 남편의 얼굴은 아주 평온해 보였습니다. 오존이 풍부한 바닷바람과 피톤치드를 쏟아 내는 남해의 편백나무 숲이 그의 몸과 마음을 다 치유해 주고 있다는 것을 알 수가 있었습니다.

자연은 치유의 힘이 있습니다. 숲을 바라보는 것만으로도 우리의 심장 박동 수는 느려집니다. 그것은 마음이 안정되고 자신을 성찰하게 된다는 것을 의미합니다. 부부가 내려가고 산중에 나만이 남았습니다. 둘러보니 노랗게 물든 산이 나도 있잖아, 하며 어깨를 툭 칩니다. 나는 그 푸른 음성을 향하여 크게 팔을 벌렸습니다. 자연의 아름다운 힘이 한 아름 안겨 왔습니다.

이런 사람이 좋다

'눈이 부시게 푸르른 날엔 그리운 사람을 그리워하자.'

미당 선생의 시 구절이 유난히 떠오르는 요즘입니다. 하늘이 투명하리만치 맑기 때문입니다. 한낮에 눈이 부시게 푸르렀던 하늘은 그냥 사라지는 것이 아니라 밤이 되면 그 하늘에 별을 그려 놓습니다. 사람들은 푸르른 하늘에 그리운 사람의 얼굴을 그리고 푸르른 하늘은 밤이면 무수히 반짝이는 별들을 그립니다. 그러고 보면 한낮에 하늘에 그린 그리운 얼굴들이 밤이면 다시 별로 태어난다는 생각이 듭니다. 별을 보면 그리운 얼굴들이 떠오르는 것이 우연이 아니라는 것을 맑은 가을 하늘 아래서 나는 비로소 깨닫게 됩니다.

사람은 이렇게 시간과 공간을 넘어서 그리움으로 자리하는 아름다운 존재입니다. 그 어느 꽃향기도 바람을 거스르지 못하지만 사람이 지닌 덕의 향기는 능히 바람을 거슬러 전해진다고 했습니다. 아름다운 꽃향기보다 더 그윽한 것이 덕의 향기라는 것은 사람이 가장 아름다운 존재임을 의미합니다.

어느 날 나는 '밴드'에 이런 글을 올린 적이 있습니다. "겸손한 사람들이 좋다. 좀 못마땅한 것이 있어도 사위는 달처럼 표현하지 않는 사람이 좋다. 혹 누가 좀 분노케 하더라도 그냥 그럴 수 있다고 생각하는 사람이 좋고, 누군가 약속 시간에 늦더라도 사람을 초조하게 기다리기보다 기다림 그 자체를 즐기는 사람이 좋다. 가난해도 너무 궁색하지 않고 잘났어도 입 열지 않고 침묵하는 사람이 지니는 덕의 품격은 향기롭다. 길을 가다가 누군가 마주 오면 한쪽으로 비켜 서 주는 그런 아량 하나쯤 지니고 사는 사람이 나는 좋다. 사랑에 목숨 거는 사람보다는 웃으며 체념하는 사람은 얼마나 멋진가. 모두가 다 떠나도 자신에 대한 사랑 하나로 세상을 향해 웃을 수 있는 그런 사람이 나는 좋다."

이런 사람 하나 있다면 얼마나 좋을까, 생각해 봅니다.

하늘에 새기면 별이 되고 마음에 새기면 기쁨이 되는 사람. 모두 다 자기를 내세우는 세상에서 겸손하게 한쪽으로 비켜 설 수 있는 사람은 얼마나 아름다운 사람입니까. 나는 푸른 하늘에 내가 좋아하는 사람을 그려 봅니다.

●

그래도 괜찮습니다

개금불사 회향하는 날, 비가 내립니다. 그래도 괜찮습니다. 바람 안 부니. 이러다 비바람이 불면 다시 이렇게 말할 겁니다. 그래도 괜찮습니다. 천둥 번개 치지 않으니까. 그러다 천둥 번개가 치면 다시 이렇게 말하겠습니다. 그래도 괜찮습니다. 길이 끊어지지 않았으니. 그러다 길이 끊어진다면 나는 또 이렇게 말할 겁니다. 그래도 괜찮습니다. 이 빗속을 헤치고 올 신심과 원력의 불자들이 있을 테니 말입니다.

그래도 괜찮습니다. 정말 그렇습니다. 살아 있으면 다 괜찮은 겁니다. 비가 오지만 오늘 개금불사는 멋지게 회향될 겁니다. 부처님은 허공과 같은 마음을 지니고 계시기 때문입니다.

랑무스郎木寺에서
마음의 풍경을 그리다

　　작은 버스가 푸른 초원의 풍경을 안고 달렸다. 넓디넓은 초원에 야크와 양의 무리가 사진처럼 펼쳐져 있다. 이곳은 유럽의 풍경을 연상케 한다. 라브랑스를 찾아가던 풍경과는 사뭇 다르다. 산소가 부족한 탓이었을까. 곁에 있던 도반은 머리가 어지럽고 속이 좋지 않다고 했다. 해발 삼천육백 미터의 랑무스는 그렇게 쉽게 갈 수 있는 길이 아니었다. 그 길은 웅대한 풍경의 전부를 여행자에게 쉽게 내주지 않았다.

버스에서 내릴 때 중국인 가이드가 천천히 내리고 걸으라고 말했다. 버스에서 내리는 순간 나는 그 말을 실감했다. 고산 지대의 대기는 우리를 환영하기보다는 밀쳐 내는 것만 같았다. 우리들 걸음의 전진을 쉽게 허용하지 않았다. 우리는 걸음을 천천히 아주 천천히 마을을 향해 옮겼다. 그것은 마치 천천히 걸으며 문명의 허영과 도시적 천박함을 다 버리고 오라는 랑무스의 깊은 음성인 것만 같았다. 천천히 걷다 보면 찾아오는 현기증 같은 증상들. 나를 멈추게 하는 그 고원의 지대를 어린 라마승들은 아주 자유롭게 뛰어다니고 있었다.

랑무스의 풍광은 아름다웠다. 좌측은 미국의 새도나를 연상케 하고 정면과 우측은 스위스를 그대로 옮겨다 놓은 것만 같았다. 그 풍경을 대하는 순간 이곳이 결코 세상의 오지가 아니라 세상의 모든 풍경의 중심 같다는 생각이 들었다. 풍경에 몰입한 나는 고산의 이방인이 아니라 이 고원에서 또 다른 탄생을 기원하는 동경자였다. 마치 랑무스의 라마승들처럼 날마다 저 풍경을 바라보며 살고 싶었다. 저 웅대한 풍경 앞에 서면 얼마나 아름다운 풍경들이 마음속에 그려지겠는가. 해가 뜨고 해가 질 때마다 저 풍경과 함께 그려지는 마음의 풍경들. 그것은 아마 탈속과 고요와 무쟁의 평화가 아니겠는가.

어디선가 경을 읽는 소리가 들렸다. 나는 그곳을 향해 걸음을 옮겼다. 승방이었다. 출입은 중국인 친구를 통해 허락을 얻고서야 가능했다. 세 명의 스님이 마당에 작은 책상을 앞에 놓고 경을 외우고 있었다. 이곳에서 삼십 년을 공부하면 선지식의 칭호가 주어진다고 했다. 학인 라마승들은 경을 외고 선지식은 그들을 지켜보고 있었다. 내가 들은 경 읽는 소리는 겨우 세 명이 읽는 소리였던 것이다. 그런데도 그 소리가 그토록 크게 들렸던 것은 왜일까. 그것은 어쩌면 이 산 전체가 그 소리를 따라 읽었기 때문인지도 모른다.

사원은 한창 불사 중이었다. 중국 정부는 매년 많은 돈을 불사에 지원한다고 했다. 중국 불교, 그것은 얼마나 거대한 것인가. 그리고 그것은 불교의 부정할 수 없는 소중한 자산이기도 하다. 한중 불교가 서로 사려 깊고 신중하게 관계의 복원을 위해 대승적으로 접근해야 하는 시점이 바로 지금이라는 생각이 들었다.

종소리가 들리고 라마승들이 우루루 쏟아져 나왔다. 라마승들의 저녁 예불 시간이었다. 맨바닥에 줄지어 스님들이 앉고 큰스님들은 그들보다 높은 자리에 앉았다. 아주 어린 라마승에서부터 노구의 스님들까지 그들의 좌석은 차서에 따라 정해져 있는 것만 같았다. 마치 우리가 법당에서 차서대로 앉는 것과 같았다. 그들은 왜 법당을 놔두고 법당 앞의 맨바닥에 앉아 예불을 모시는 것일까.

저녁 햇살을 받은 랑무스의 금칠을 한 전각들이 반짝였다. 이 고원의 대기를 빛내는 저 반짝이는 황금빛 사원의 지붕. 그것도 역시 이곳에서는 하나의 자연이었다. 저 빛나는 황금빛마저도 순하게 다가오는 이곳의 풍광은 놀라운 힘을 지니고 있었다. 이 아름다운 풍경 앞에서 법당의 안과 밖은 무슨 의미가 있겠으며 황금과 자연은 또한 무슨 차별이 있겠는가. 이 안에서는 번뇌까지도 자연이었다.

저녁내 두통과 호흡의 불편함에 시달렸다. 하지만 아픔에 매이지 않았다. 나의 이 아픔이 아침 햇살을 맞기 위한 신호인 것만 같았다. 아침이 오면 나의 아픔도 사라지고 내 마음속에는 랑무스의 멋진 풍경이 새겨질 것만 같은 예감이 강하게 들었다.

나의 예감은 적중했다. 아침 햇살이 들자 나는 고통에서 벗어나 가슴속에서 모든 것이 자연인 랑무스의 선명한 풍경 하나를 만날 수 있었다. 내 삶에 랑무스의 풍경은 무슨 의미일까. 그것은 반야바라밀 아닐까. 아침 햇살은 내게 또 다른 자유를 선물해 주었다.

3장

월요병을
퇴치하려면

생각을 바꾸는 연습을 해 보십시오. '내게 월요일의 무거움이
있다는 것은 직장이 있다는 것이고, 또 만날 사람들이 있다'고.
그러면 웃으며 월요일을 맞을 수 있습니다.

달과 같은 가섭의 얼굴

　　　　　　나는 달빛 감상을 즐깁니다. 달빛을
바라보고 있으면 그저 평화롭기 때문입니다. 번잡한 세상의 다툼
이 저 달빛 속에는 없습니다. 오직 잔잔한 추억과 삶의 고운 이야
기들만이 있을 뿐입니다. 그래서 부처님께서는 탁발托鉢을 나가
는 제자들에게 말씀하셨습니다. "비구들이여, 그대들이 음식을
얻기 위해 재가자在家者의 집에 가거든 마땅히 달과 같은 얼굴을
하고 가라. 마하가섭摩訶迦葉은 달과 같이 몸과 마음을 단정히 하
고 처음 출가한 수행자처럼 수줍고 겸손하고 부드러우며 교만하
지 않은 얼굴로 재가를 찾아간다."

　탁발을 나가는 부처님의 빼어난 제자인 가섭의 표정이 그려
집니다. 달과 같은 얼굴을 하고 발우鉢盂를 들고 거리를 지날 때
어느 누가 가섭의 빈 발우에 공양물을 담지 않을 수 있겠습니까.
내 발우에 밥을 담아 달라고 소리치는 것보다 달 같은 표정 하나
가 사람들의 마음을 더 크게 움직일 수 있다는 것을 가섭의 얼굴

표정을 그려 보는 것만으로도 알 수 있습니다.

수행자라면 누구나 가섭과 같은 얼굴 표정을 꿈꿉니다. 하지만 그게 어디 쉬운 일입니까. 언젠가 절 아래 마을 사람과 언성을 높인 일이 있었습니다. 물 때문이었습니다. 절에서 내려가는 계곡물을 아랫마을에서는 식수로 사용했습니다. 그런데 절에 온 아이들이 여름날 덥다고 그 계곡에서 물장난을 한 모양이었습니다. 그 모습을 공교롭게도 아랫마을 사람이 본 것입니다. 그는 씩씩거리며 달려와 따지듯이 나를 몰아쳤습니다. 절에서 애들도 단속하지 못하면서 뭐 하는 짓이냐고. 가만히 듣고 있다 보니 화가 났습니다. 나도 정색을 하고 따지듯이 물었습니다. "이 산이 누구 산입니까? 절 소유의 산 아닌가요? 또 이 물은 절의 산에서 났으니 절이 주인 아닌가요? 아니 물값을 한 번이라도 내고 먹은 적이 있나요? 우리가 물값을 달라고 한 적이 있나요?"

기세등등하던 그 사람은 이내 풀이 죽고야 말았습니다. 워낙 내가 핏대를 세워 가며 소리를 치니까 그랬던 것 같습니다. 그러다 그 사람이 마지막 반격을 가했습니다. "아니, 무슨 스님이 그리 핏대를 세우며 이야기하세요. 점잖지 못하게." 나는 그만 입을 닫고 말았습니다. 스님이 뭘 그러느냐는 말에 나는 더 이상 할 말을 찾을 수 없었습니다.

마을 사람이 내려가고 나는 장면을 하나하나 되돌려보았습니다. 스님의 모습이 아니었습니다. 스님이 어떻게 언성을 높여 가며 싸울 수 있단 말인가요. 내가 봐도 부끄러운 모습이었습니다. 마을 사람들이 가지고 있는 아름다운 스님의 모습을 나는 그만 깨 버리고 만 것입니다. 그가 앞으로 스님들을 어떻게 생각하겠습니까. 핏대나 올리고 소리나 지르는 사람으로 보지 않을까요. 따지고 보면 나는 수많은 스님에게 죄를 지은 셈이었습니다.

좋지 않은 기억은 쉽게 지워지지 않는 법입니다. 내게도 그런 기억이 있습니다. 갓 출가하여 해인사 강원에서 공부할 때였습니다. 해인사 강원은 쉽게 말해서 일 학년부터 사 학년까지 있는데, 일 학년에서 삼 학년까지는 한방에서 같이 공부하고 잠을 잡니다. 그때 그 방에는 여든 명 가까이 함께 생활했습니다. 함께 자그 마한 경상經床을 앞에 놓고 각자가 배우는 불경을 읽을 때면 참 멋 있다는 생각이 들고는 했습니다. 목청껏 경을 읽어야 목청이 터져 서 다음에 염불도 멋있게 할 수 있다는 말을 선배들에게 들은 터 라 경을 읽는 시간이 되면 목청껏 경을 읽고는 하였습니다.

하지만 경을 읽다 보면 졸리는 순간이 있었습니다. 대개는 그 냥 넘어가는데 그날은 윗반 스님에게 호출을 당하고야 말았습니 다. 무서운 스님이었습니다. 나는 스님의 경상 앞에 꿇어 앉아 장 광설을 들었습니다. 승랍僧臘이라고 해야 고작 일 년밖에 차이 나 지 않았지만 해인사 강원에서 그 차이는 하늘과 땅만큼이나 큰 것이었습니다. 해인사의 규율은 육군사관학교보다 더 엄격했습 니다.

스님의 경책警責을 듣던 중에 다리가 아파 몸을 비틀다가 그만 그 윗반 스님과 눈이 마주치게 되었습니다. 순간 스님은 단호하고 냉정하고 말했습니다. "눈 깔아요." 순간 예리한 칼날이 가슴을 베고 지나가는 것 같았습니다. 그것은 내가 출가해서 들어본 말 중에 가장 비정한 말이었습니다. 얼결에 눈은 내리깔았지만 마음은 더욱 꼿꼿하게 적의敵意를 품고 고개를 드는 것을 느낄 수 있었습니다.

나는 아직도 그때 그 스님과의 일을 기억합니다. 나무 기둥에 박힌 못을 뽑아도 기둥에 못 자국이 남듯이 상처 난 가슴의 흔적은 용서를 해도 남게 되어 있습니다. 시간이 지나서 그 스님을 우연히 한두 번 만났지만 나는 그를 제대로 바라보지 않았습니다. 그의 앞에서는 항상 눈을 내리깔아야 했기 때문입니다.

말과 표정으로 우리는 사랑하게 되고 또한 그것으로 인해 미워하고 다투게 됩니다. 그래서 문수보살 계송偈頌에도 있지 않습니까. "성 안 내는 그 얼굴이 참다운 공양구供養具요, 부드러운 말 한마디 미묘한 향香이로세." 성 안 내는 표정과 부드러운 말은 얼마나 큰 수행자의 가치인가. 달빛 아래서 나는 가섭의 달과 같은 얼굴 표정을 자꾸만 그려 보았습니다.

·

네가 있어 내가 있다

　　강원도 평창에서 열린 2014년 생물다
양성협약 당사국 총회를 즈음해서 마련된 '생물 다양성을 바라보
는 불교의 생명 가치' 워크숍에 참석하느라 월정사에 갔습니다.
달빛이 환하게 내리고 싸한 대기가 강원도 산골임을 말해 주고 있
었습니다. 참가자들은 '불교 생명 선언, 어떻게 할 것인가'를 주제
로 분과 토론 중이었습니다. 종단과 사찰과 단체와 불자는 불교
생명 선언을 위해 어떤 실천을 해야 하는가. 단위별로 많은 안이
나왔습니다. 생명 평화 교육을 통한 인식 전환, 친환경 건축, 걷
기 등 모두 공존을 위한 최소한의 것들이었습니다.

　　불교는 그 어떤 것도 독자적으로 존재한다고 보지 않습니다.
모든 것이 관계성關係性의 산물이라고 정의합니다. 지금 우리에
게 생물 다양성이 문제되는 것은 생물의 다양성이 유지되지 않으
면 온전히 존재할 수 없기 때문입니다. 그래서 생물을 이용 가치
가 아니라 생명의 가치로 보는 인식의 전환을 위하여 불교적 생명

관과 생명 윤리가 절실한 것입니다. "모든 생명은 우주적 존재입니다. 모든 생명은 평등한 존재입니다. 생명을 지키는 평화의 문화를 만들어 가야 합니다. 인간은 모든 생명의 평화에 책임을 갖고 있습니다." 이것이 그날 우리가 채택한 '생명 평화를 위한 평창 불교 선언' 내용입니다.

우리가 살아가는 것은 수없이 많은 것의 도움으로 가능합니다. 티끌 같은 생명도 사실은 온 우주의 합작품입니다. 물이 있어 살아가고, 공기가 있어 숨을 쉽니다. 바로 보면 그 모든 것이 고마울 뿐입니다. 나의 은사 스님은 다음과 같은 열반 게偈를 남기셨습니다. "이 세상 저 세상을 오고 감을 상관치 않으나 다만 받은 은혜는 바다와 같은데 갚은 바는 시내와 같아 그것을 못내 아쉬워하노라."

한 생生을 청빈하게 살다 가신 은사 스님에게도 세상은 이렇게 고맙고도 미안한 곳이기만 했습니다. 그 게송을 대할 때마다 나는 세상을 향해서 어떤 자세로 살아가고 있는지 묻게 됩니다. 그리고 너무나 당연한 듯이 모든 것을 소비하며 살아가는 자신을 성찰하게 됩니다. 마치 원래부터 내 것인 양 소비하는 내 삶의 자세에는 감사함이 없습니다. 그것은 생명의 진리를 온몸으로 체득하지 못하고 있다는 방증이기도 합니다. 도道란 어쩌면 생명의 상관성을 온몸으로 깨닫는 것이고, 어리석음이란 생명의 상관성에 무지한 것을 말하는 것인지 모릅니다. 대량 소비 시대를 사는 우리는 모두 도道와는 먼 삶을 산다고 말할 수도 있습니다.

우리가 사는 사회는 앞으로 소비 사회에서 보존 사회로 나아가야 한다고 말합니다. 지구상 모든 자원은 한계가 있고 생물의 종種 역시 빠른 속도로 사라지고 있기 때문입니다. 보존에 온 힘을 기울이지 않으면 인간 삶의 토대가 무너질 수 있다는 심각한 경보가 지구 여러 곳에서 울리고 있습니다. 관계성의 철학이기도 한 불교가 주목받는 이유입니다. 이제 세상은 이기심을 넘은 공감

共感과 이타利他의 마음이 무엇보다 중요해졌습니다. 그것은 곧 생명의 가치에 눈뜨는 일이기도 합니다.

얼마 전 우리 절 아래 바닷가 길을 따라 걸어오는데 어장漁場 주인이 소리쳐 물었습니다. "스님, 제가 이렇게 고기를 많이 잡고 있는데 다음에 좋은 세상에 태어날 수 있을까요?" 나는 큰 소리로 대답했습니다. "네, 그런 마음이라면 다음 생에 반드시 좋은 세상에 태어나게 될 겁니다." 그는 안심하는 것 같았습니다. 그리고 내게 머리 숙여 인사하며 고맙다고 말했습니다. 그는 자신의 행위를 성찰하는 사람입니다. 성찰하는 사람은 지나치게 행동하지 않습니다. 욕심을 제어할 줄 알기 때문입니다. 그는 고기를 잡아도 치어稚魚는 다시 바다에 놓아줄 줄 아는 사람일 것입니다. 그 놓아줌 한 번이 생태계의 균형을 잡는 일이고 생물의 다양성을 보존하는 길이라는 것을 그는 알까요. 성찰은 이렇게 아름다운 결과를 낳는 것입니다.

그러나 한편으로 나는 생명의 상관성을 말하고 생명의 가치를 말하는 것이 막연한 이상일 수 있다는 생각이 들었습니다. 세상을 변화시키지 못한다면 그것은 어쩌면 무의미한 것이라는 생각이 들었던 것입니다. 그날 참석한 불교 윤리학자도 나와 같은 견해를 피력했습니다. 하지만 그날 사회를 보았던 스님의 한마디는 우리의 회의적 발언에 마침표를 찍었습니다. "물 한 방울로 사막 전부를 적실 수는 없지만 그 한 방울을 빼고는 사막을 다 적실 수 없습니다." 나는 고개를 끄덕였습니다. 변화는 언제나 작은 것에서 시작한다는 것을 부정할 수 없었기 때문입니다.

토론회를 마치고 도량에 나서자 보름달이 환했습니다. 월정사 주지 스님이 습도가 가장 낮은 지역의 습기에 젖지 않은 달빛에 관해 말했습니다. 달빛이 상큼했습니다. 자기중심의 이기심은 습기濕氣와 같은 것입니다. 이 습기와 같은 이기심을 버리면 우리는 모든 생명과 함께 평화롭게 공존할 수 있습니다. 부처님이 본 세상은 바로 생명 평화의 세상이었습니다. 부처님이 본 "네가 있어 내가 존재한다"는 세상이 환한 달빛 아래서 내게도 보이는 것만 같았습니다.

귀농은 귀심

　　　　　귀농학교 졸업식에서 한 젊은이가 장기 자랑을 합니다. '여수 밤바다~' 그 어려운 노래를 조금 틀려 가며 부릅니다. 그래도 그 틀림이 귀엽게 다가오는 것은 그의 수줍은 표정과 순한 눈빛 때문입니다. 농사를 짓고 별을 바라보며 부르는 노래. 그의 관객은 아마 그의 가족과 별과 나무와 담쟁이들이 전부일 겁니다. 아니 어쩌면 그는 노동에 지쳐 기타 한번 못 잡고 푸념하며 잠에 떨어질지도 모릅니다. 괜히 귀농했어, 나 어떡해 하며 목 터지게 울부짖을지도 모릅니다.

　　하지만 생의 선택이 귀농이라면 그것은 썩 훌륭한 것이라고 할 수 있습니다. 그것은 곧 마음으로 돌아가는 일이기 때문입니다. 나는 언제나 귀농은 귀심이라고 말합니다. 마음으로 돌아가지 않으면 귀농은 실패하기 십상입니다.

　　부처님께서는 세 가지 나쁜 마음이 있다고 하셨습니다. 그것은 탐욕과 분노와 어리석음입니다. 탐욕으로 지옥에 태어나고 분노로 축생이 되고 어리석음 때문에 아귀로 태어난다고 하셨습니다. 다시 부처님께서는 세 가지 좋은 마음이 있다고 하셨습니다. 탐욕을 멀리하는 마음, 분노를 벗어나려는 마음, 어리석음을 싫어하는 마음이 그것이라고 하셨습니다. 탐욕을 멀리함으로써 인간으로 태어나고 분노가 없음으로써 천상에 나고 어리석음이 없음으로써 반열반에 든다고 하셨습니다.

귀농은 나쁜 마음을 버리고 좋은 마음을 찾아가는 길입니다. 나는 이 총각이 예의 그 수줍은 미소로 흙과 이웃을 만나기를 기대합니다. 그리고 별을 보며 노래하는 마음을 간직하기를 기원합니다. 힘든 노동 후에도 별을 보고 노래할 수 있다면 그것은 좋은 마음을 의미하는 것일 터입니다.

간격

　　　　　나무와 나무 사이의 간격은 풍광을 이룹니다. 그 간격으로 하늘이 자리하고 바람이 지나가고 꽃들이 피어납니다. 그 간격 속으로 내가 들어가 서면 나는 어느새 자연이 됩니다. 간격은 좁은 거리를 지니고 있지만 그것은 또한 무한히 넓은 공간이기도 합니다. 그 간격을 의지해 나무가 자라고 하늘이 내려와 쉬기 때문입니다. 좁은 동시에 넓은 그 간격은 곧 배려와 양보와 상생을 의미하는 것이기도 합니다.

　한 솥의 밥을 천 명이 먹어도 남는 것은 배려와 양보 때문이고 세 명이 먹어도 모자라는 것은 탐욕과 이기 때문입니다. 나는 절집이 세상에서 가장 아름다운 집이라고 들었습니다. 그것은 옛 스님들이 자신보다는 언제나 대중을 섬기는 마음으로 살았기 때문입니다. 주지를 하라고 해도 서로 양보했고 험한 일은 서로가 지원해 하려고 했다고 합니다. 그래서 절집은 궁핍했지만 가장 풍요로운 곳이기도 했습니다.

궁핍은 언제나 탐욕의 결과입니다. 누군가 많이 가지려면 청빈의 아름다움이 사라져 버리고 맙니다. 청빈은 가난하나 궁법에 매이지 않는 아름다움을 지니고 있습니다. 이것이 오래된 절집의 모습이었습니다. 하지만 지금 그런 절집의 모습은 잘 볼 수 없게 되었습니다. 스님들 사이에 간격이 사라져 버렸기 때문입니다.

어찌 절집뿐이겠습니까. 시간이 흐를수록 사람과 사람 사이에 간격이 사라지는 것을 목격하게 됩니다. 그래서 나는 가끔 우리의 미래는 과거에 있다는 생각을 하고는 합니다. 새로운 미래보다는 오래된 미래가 더욱 우리들이 찾아가야 할 시간이라는 믿음이 있습니다. 발전에 근거한 새로운 미래에는 함께 나누는 삶이 더욱 사라질 것만 같기 때문입니다.

양보와 배려의 간격은 우리가 함께 살아가야 할 가장 소중한 토양입니다. 그 토양 위에서라야 우리는 진정 행복한 삶을 살 수 있다는 것을 나는 숲길을 걸으며 깨닫습니다.

월요병 퇴치법

　　　　　　　　한 주가 시작되는 월요일입니다. 아마
대개의 사람들은 월요일을 싫어할 겁니다. 많은 업무와 구속이 기
다리기 때문입니다.

　하지만 마음을 바꾸면 좀 쉽게 시작할 수도 있고 웃으며 월요
일을 맞을 수도 있습니다. 이렇게 생각해 보는 겁니다. '내게 월요
일의 무거움이 있다는 것은 직장이 있다는 것이고, 또 만날 사람
들이 있다'고. 실직자에게는 월요일의 하중도 없기 때문입니다.

　인생은 생각을 바꾸는 연습을 하는 것입니다. 그래서 마침내
텅 빈 마음을 찾아가는 것입니다. 그 순순하게 텅 빈 마음을 우리
는 열반이라고 합니다. 그것은 어떤 목적이나 성취를 위한 삶이
아니라 바로 지금 여기서 행복한 삶을 의미합니다. 여기에서 행복
하지 않다면 다시 어디에서 행복할 수 있겠습니까. 월요일도 즐겁
게 시작하세요.

옛사랑

　　　　도반 스님이 왔습니다. 녹차를 함께 마시며 노래를 들었습니다. 가수 아이유가 노래하는 이문세의 '옛사랑'이란 곡이었습니다. 이런 생각이 들었습니다. 옛사랑이란 낙엽과 같은 것이라고. '이제 그리운 것은 그리운 대로 내버려 둘 거야.' 이 부분의 가사가 내가 사는 스타일과 닮았다고 도반 스님이 이야기하더군요.

　　우린 다 그렇습니다. 무엇을 그냥 내버려 두지 못합니다. 내버려 두면 다 지나가는데 막아서 고통을 가중시키며 살아갑니다. 슬픔도 옛사랑도 내버려 두면 추억이 되지만 막아서면 고통으로 남을 뿐입니다. 삶이 아름답기 위해서는 그렇게 흘러가는 모든 것을 흘러가게 내버려 두는 것이 필요합니다.

단풍처럼 산에 살겠다는
추사의 글귀는 비움이 바로
생의 절정을 향해 가는
걸음이라는 것을 말해 줍니다.

홍엽산거 紅葉山居

단풍의 계절입니다. 어제는 지인이 단풍이 곱게 물든 강천산의 풍경 하나를 찍어 전송해 주었습니다. 그 사진을 보는 순간 절로 감탄사가 튀어나왔습니다. "오메, 단풍 들었네."

단풍은 나무 한생의 작품입니다. 나무가 가장 맑은 마음으로 빚어낸 삶의 빛깔입니다. 나무의 삶이 어떻게 아름다워질 수 있는지 온몸으로 말하는 순간이 단풍이 드는 때입니다. 시인 도종환은 '단풍 드는 날'에서 단풍을 이렇게 표현했습니다.

'버려야 할 것이/ 무엇인지를 아는 순간부터/ 나무는 가장 아름답게 불탄다/ 제 삶의 이유였던 것/ 제 몸의 전부였던 것/ 아낌없이 버리기로 하면서/ 나무는 생의 절정에 선다.'

추사秋史는 만년에 '홍엽산거紅葉山居'라는 글귀를 썼습니다. 단풍처럼 모든 것을 다 비우고 살겠다는 자신의 마음을 표현한 글귀입니다. 모든 것을 비우면 삶이 아름다워진다는 것을 만년에야 비로소 깨달은 겁니다. 가지려고 애썼던 삶의 허무를 만년에라도 깨칠 수 있다면 그것은 다행스러운 일입니다. 세월이 흘러서도 여전히 소유와 집착의 굴레에서 쳇바퀴 돈다면 그는 결코 생의 절정을 만나지 못하고 세상을 떠나는 사람이 될 것입니다. 역설적이게도 생의 절정은 집착과 투쟁 속에 있는 것이 아니라 비움과 고요 속에 있습니다.

삶의 모든 노력은 절정을 향해 가야 합니다. 그 절정은 비움의 완성을 의미합니다. 단풍처럼 산에 살겠다는 추사의 글귀는 비움이 바로 생의 절정을 향해 가는 걸음이라는 것을 말해 줍니다. 비우고 비워서 우리들의 번뇌가 없는 본마음에 이르는 순간 생은 비로소 절정의 아름다움으로 우리를 맞이하게 됩니다.

내가 사는 산은 아직 단풍이 찾아오지 않았습니다. 단풍이 찾아와도 그렇게 아름다운 곳은 아닙니다. 하지만 나는 번뇌 하나씩을 버려 이 산에 단풍잎 하나씩 그려 갈 생각입니다. 저 산에 단풍은 없으나 마음의 단풍이 붉게 타오르는 산으로 만들어 갈 생각입니다. 추사의 '홍엽산거'는 단풍을 물들이는 것이 산이 아니라 사람의 마음임을 의미하는 것이기 때문입니다. 이 가을에는 텅 빈 마음의 단풍이 내가 사는 호구산에 가득할 것만 같은 예감이 듭니다.

관계를 맺는다는 것

밖에 며칠 다니다 오면 이곳이 좋은 줄 압니다. 염불암에서는 미처 알지 못했던, 이곳의 공기가 얼마나 청량하고 좋은지를. 밤의 고요가 얼마나 편안한지를 알게 됩니다. 깨달음 이후에는 내가 모르고 누린 사소한 것들이 엄청난 가치로 다가옵니다. 비로소 관계를 맺게 되는 것입니다. 관계를 맺기 전 저 맑은 대기와 밤의 고요는 그냥 대상이었습니다. 그러나 관계를 맺으면서 그것들은 나에게 소중한 가치로 다가왔습니다.

관계를 맺는다는 것은 의식하고 마음을 주는 것입니다. 관계를 맺게 되면 모든 것들은 하나밖에 없는 존재로 다가옵니다. 마치 '어린왕자'의 장미처럼. 수없이 많은 장미가 있어도 어린왕자에게는 자신의 별에 있는 하나의 장미가 전부였습니다. 관계를 맺는다는 것은 그것을 전부로 받아들이는 일입니다. 그래서 그것은 때로 아름답고 때로 고통스러운 것이 됩니다.

●

오래 사세요

　　　햇살이 눈부신 날 산길을 걸었습니다. 햇살에 맞춰 걸음이 리듬을 타는 것만 같았습니다. 걷고 또 걸어도 힘이 들지 않았습니다. 한 세 시간 가까이 걸었나 봅니다. 산길이 끝나고 마을의 초입이 보였습니다. 황금빛 들판이 펼쳐진 들녘 사잇길을 걸으며 나는 콧노래를 흥얼거렸습니다. 이런 가을 길이라면 콧노래를 흥얼거려도 흉이 되지 않을 것만 같았습니다. 마치 햇살처럼 가볍게.

　　　마을에 들어서 걷다 보니 경로당에 할머니 두 분이 앉아 계셨습니다. 어디로 출타를 하시는 모양이었습니다. 서로 바라보며 무슨 담소를 그리도 정답게 나누시는지, 할머니들의 얼굴에는 연신 웃음이 떠나질 않았습니다. 주름진 입가에 머무는 그 웃음 위에도 그날은 햇살이 내렸습니다. 주름도 빛날 수 있다는 것을 그날 처음 알았습니다. 가을날 투명한 햇살은 늙음까지도 동화로 만드는 놀라운 연출가였습니다.

늙음은 인생이 사위는 것을 의미합니다. 그것은 인생의 옅은 어둠이기도 합니다. 그래서 늙음과 햇살은 대조되는 것만 같습니다. 하지만 그날 늙음과 햇살은 대조가 아니라 조화였습니다. 그날 늙음은 아주 순했고 햇살은 아주 부드러웠습니다. 강하고 사나운 것은 아무것도 없었습니다. 햇살 아래서 착하게 빛나는 늙음을 보며 늙는 것도 어쩌면 좋을 수 있겠다는 생각을 했습니다.

경로당 앞 의자에 앉았던 할머니 한 분이 먼저 일어섰습니다. 허리가 굽었습니다. 작은 보따리 하나 들고 큰길로 버스를 타러 나가시나 봅니다. 손에는 보따리 하나 들려 있지만 마음속에는 아무것도 담기지 않은 평화로운 표정입니다. 마치 굽은 허리로는 지나온 시간을 참회하고, 텅 빈 마음으로는 망가졌던 맑은 마음자리를 복원하고 있는 것만 같은 모습이었습니다. 늙음이란 지나온 세월을 참회하는 시간이고, 인생의 맑았던 마음자리를 다시 찾아가는 걸음이기도 합니다. 맑은 마음 한 조각 지니고 이 세상을 떠나고 싶다면 우리는 늙음을 통해서 그렇게 다시 익어 가야 합니다. 그러니 오래 살아야 합니다. 오래 살아서 참회와 비움의 아름다움을 즐겁게 익혀야만 합니다.

생각을 바꾸는 연습을 해 보십시오

마음, 삶의 배경

아침 햇살을 배경으로 낙엽이 집니다. 낙엽의 행보가 마치 햇살을 향해 걸어가는 발걸음 같습니다. 만추의 아침에 만나는 멋진 풍경입니다. 아마 낙엽이 석양을 배경으로 지고 있었다면 우리는 울고 싶거나 인생의 허무함을 느꼈을지도 모릅니다. 배경은 모든 것들의 의미를 이렇게 바꿉니다.

우리들 삶에도 배경이 있습니다. 그것은 바로 마음입니다. 어떤 마음으로 사느냐에 따라 우리들 삶의 행위는 그 의미가 다르게 다가옵니다. 어려운 순간에도 웃을 수 있는 것은 희망이 배경이 되기 때문이고, 이별의 순간에도 눈물 보이지 않는 것은 상대를 더 배려하는 마음이 배경이 되기 때문입니다.

나이가 들고 들어 인생이 끝날 때쯤이면 하는 말이 있습니다. "인생, 별것 아니야. 그러니 너무 욕심내지 말고 살아." 하지만 젊어서는 이렇게 말하지 않습니다. 이런 말은 마음을 비워 모든 것을 받아들일 수 있을 때 비로소 하는 말입니다.

마음은 언제나 상처와 더불어 철이 듭니다. 욕심이 가득한 마음은 철부지 마음이고 텅 빈 마음은 철이 든 마음입니다. 철부지 마음은 우리들 삶을 자꾸 헐떡이게 합니다. 그것은 한 번뿐인 인생을 추하게 합니다. 철든 마음만이 우리들 인생을 아름답게 하는 배경이 될 수 있습니다.

세상은 철부지 마음으로 사는 사람들이 가득합니다. 출가자인 나도 철부지 마음으로 살아갑니다. 출가를 했어도 삶이 아름답지 않은 이유입니다. 철든 마음은 세월에 있지 않고 승가에도 재가에도 있지 않습니다. 아름다운 삶을 사는 사람들의 멋진 삶의 자리에 배경으로 빛나고 있을 뿐입니다.

햇살을 배경으로 낙엽이 지는 산사에서 나는 내 삶의 배경이 되는 마음을 찾습니다. 무소유와 지족의 마음을 찾기가 힘듭니다. 텅 빈 산사에 살아도 탐욕은 잡초처럼 무성합니다. 언제나 철든 마음을 만날지, 그날이 잘 보이지 않아 슬플 뿐입니다.

생각을 바꾸는 연습을 해 보십시오

낙엽의 자비

만추의 가을 산에 낙엽이 뚝뚝 집니다. 낙엽이 진 자리로 푸른 바다가 걸어와 자리합니다. 나뭇잎 무성하던 여름날에는 보려고 애써도 보이지 않던 바다가 낙엽이 지는 이 만추에는 보려고 하지 않아도 스스로 걸어와 그 물결을 드러냅니다.

염불암에 올라와 가장 먼저 한 일이 나무를 베는 일이었습니다. 나무를 베면 보일 듯 말 듯 한 바다가 훤히 보일 것만 같았기 때문이었습니다. 나무를 베다가 생각했습니다. 보이지 않는 바다를 억지로 보려고 하는 이 유위의 행위가 과연 올바른 것인가. 나무를 베는 순간 나무의 신음 소리가 들리는 것 같았습니다. 차마 나무를 베는 일을 계속할 수가 없었습니다. 잔 나무 몇 그루를 베고 나서 여름날 바다를 보는 일을 포기하기로 했습니다. 차라리 숲이 바다를 보여 줄 때까지 기다리는 것이 산에 사는 사람의 삶에 합당하다는 결론을 내렸습니다.

염불암에 오는 사람들은 말합니다. "스님, 앞에 나무를 좀 베세요. 그러면 바다가 환히 보여서 아주 장관일 텐데요." 그때마다 나는 대답합니다. "아닙니다. 저는 숲이 바다를 보여 줄 때만 바다를 볼 겁니다." 사람들은 제 말을 잘 이해하지 못합니다. 그러면 저는 부연 설명을 합니다. "낙엽이 지면 바다가 아주 잘 보이거든요. 만추가 되면 숲이 바다로 가는 길을 환히 열어 줄 겁니다. 그때 와서 저와 함께 바다를 보시죠."

낙엽은 떨어지며 바다를 남겼습니다. 한여름 내 품고 있던 바다를 해산하며 낙엽은 가지를 떠났습니다. 자비로운 낙엽. 나는 봄이 오고 숲이 다시 바다를 가릴 때까지 낙엽의 자비를 생각할 겁니다. 나의 가을과 겨울은 그렇게 낙엽과 더불어 자비로 익어가는 시간이 될 것만 같습니다.

언덕에 서서 바라보기

살다 보면 어느 날 삶의 모든 것이 엉클어졌다고 느끼는 순간이 있습니다. 돌연변이 같은 상황들이 나타나 우리를 꼼짝달싹 못하게 할 때가 있습니다. 그때 우리는 고통스러워하기도 하고 분노에 어쩔 줄 몰라 합니다. 우리들 인생은 산적들이 수시로 출몰하는 숲길과도 같습니다. 언제나 위험이 도사리는 길입니다. 인생의 길에 무엇이 출현하든 분노하거나 고통스러워하지 마십시오. 그냥 와야 할 것이 왔다고 생각하고 반드시 지나갈 것이라고 믿으십시오. 상황과 하나가 되면 불행하게도 그것이 지나간 후의 평온한 날을 만나지 못하게 됩니다.

마음의 수행자는 상황과 자신을 동일시하지 않습니다. 덕분에 그는 고통을 벗어난 언덕에 서게 됩니다. 언덕에 서서 급류를 바라볼지언정 부디 급류에 휩쓸리지 마십시오.

더불어 사는 삶

먼 바다의 파도 소리가 바람을 타고 암자까지 올라옵니다. 태풍이 오기 전 파도 소리가 태풍의 위용을 말해 주는 것만 같습니다. 태풍이 오면 우리 절에는 물과 전기가 문제입니다. 물길이 막히고 전기가 끊어지는 경우가 있기 때문입니다. 자연은 때로 이렇게 폭력적입니다. 자연의 폭력성 앞에서 인간은 무력합니다. 우리가 자연을 지배하는 것 같아도 정작 우리가 자연의 지배를 받고 살아갑니다.

겸손해야 합니다. 그리고 함께 살아간다는 생각을 잊지 말아야 합니다. 자연과 동반 의식을 쌓으면 삶의 질이 달라집니다. 자연은 우리에게 경쟁이 아닌 휴식과 평화를 주기 때문입니다. 자연과 더불어 살아간다는 것은 삶의 진정한 가치에 눈뜨는 일입니다. 태풍이 온다는 먼 바다의 전갈을 들으며 자연의 가치와 관계에 대해 생각해 보았습니다.

산타와 산사

산타는 영원한 동심입니다. 그래서 크리스마스가 되면 어른들도 산타라는 단어에 막연한 향수를 느낍니다. 좋은 것 같습니다. 종교를 떠나 친근한 이름 하나가 있다는 것 말입니다. 그 어감까지도 산뜻하고 발랄한 느낌이 듭니다. 세상살이가 각박해질수록 어딘가 맑은 여백 같은 공간이나 이름 하나쯤 있으면 좋겠습니다. 그러한 이름으로는 산타가 많이 보편화되었습니다. 그 공간으로는 단연 산사라고 생각합니다. 산사가 주는 비움의 충만, 의미를 찾는 사람이라면 산사에서 그 느낌을 충분히 만날 수 있을 겁니다.

산사에서 산타 할아버지를 만나게 된다면 가장 이상적이지 않을까 생각해 봅니다. 나는 종교는 언제나 인류의 행복을 위해 복무하는 도구라고 생각합니다. 아주 멋지고 아름다운 여백으로 남아 위로와 행복을 줄 수 있다면 그것이 최고의 종교 아닐까요. 모두 멋진 크리스마스.

나는 종교는 언제나
인류의 행복을 위해 복무하는
도구라고 생각합니다.
아주 멋지고 아름다운 여백으로 남아
위로와 행복을 줄 수 있다면
그것이 최고의 종교 아닐까요.
모두 멋진 크리스마스.

하이힐은 한번 신어 봐야 하지 않아요?

다나는 고모가 스님입니다. 올해 스물일곱인 다나는 광고 회사에 다녔습니다. 금년에 아버지가 돌아가시고 나서 다나는 이제 혼자가 되었습니다. 그리고 다나는 회사를 그만두고 고모 스님을 찾아와 자주 머물고 있습니다. 혼자가 된 다나를 걱정한 고모 스님은 다나에게 출가를 권하는 중입니다. 다나는 생의 커다란 숙제 하나를 안게 된 것입니다. 하지만 출가가 어찌 쉬운 일이겠습니까. 미련이 남아 다나는 차마 출가로 마음을 돌릴 수 없었습니다.

어느 날 고모는 다나를 불러 인연을 끊을 결심으로 강력하게 출가를 하라고 명령했습니다. 그것은 물러설 수 없는 고모 스님의 마지막 경고였습니다. 고모 스님과 헤어지기 싫은 다나는 기어들어 가는 목소리로 스님에게 말했습니다. "그래도 하이힐은 한번 신어 보고 출가해야 하지 않을까요? 곧 크리스마스인데 친구들에게 작별 인사는 하고 와야 하지 않을까요?" 다나는 스님의 경고에 무릎을 꿇은 것입니다. 고모 스님은 이때다, 하고 더 밀어붙였습니다. "하이힐을 신으면 원피스 입고 싶고 이 친구와 작별하면 또 저 친구와 작별하고 싶어 출가는 언제 하겠나?" 다나는 결국 이번 크리스마스 때 하이힐을 신고 친구들과 한 번 작별 행사를 하는 것을 끝으로 출가를 하기로 약속했습니다.

출가할 때를 돌아보면 출가는 삶의 반전이었다는 생각이 듭니다. 살아가면서 삶의 반전을 아무나 실행하는 것은 아닙니다. 그것은 생의 모든 에너지를 다 쏟아붓는 용기가 있어야 가능한 일이기 때문입니다. 그래서 그것은 극히 소수의 사람만이 할 수 있는 일입니다. 이것이 출가가 아름다운 이유라고 생각합니다.

『선가귀감』은 이야기합니다. "출가하여 스님이 되는 일이 어찌 작은 일이랴. 편하고 한가함을 구해서도 아니고 따뜻하게 입고 배불리 먹으려 한 것도 아니고 명예와 재물을 구하려는 것도 아니다. 나고 죽음을 면하려는 것이며 번뇌를 끊으려는 것이고 부처님의 지혜를 이으려는 것이며 삼계에서 뛰어나와 중생을 구하기 위해서이다." 사랑하는 조카에게 출가를 권한 고모 스님이 다나에게 들려주고 또 들려준 이야기입니다.

어쩌면 다나는 하이힐을 신고 친구들과 작별 인사를 하면서 "나 이래서 출가해" 하며 고모가 들려준 『선가귀감』의 말씀을 친구들에게 들려줄지도 모릅니다. 이제 곧 일주문을 향해 걸어오는 다나의 하이힐 소리를 들었다는 소식을 나는 기대하는 중입니다.

이국의 노동자

바닷가 길을 걷다가 자전거를 타고 오는 이국의 노동자를 만났습니다. 그는 환하게 웃는 얼굴로 손을 흔들며 나를 스쳐 지나갔습니다. 나도 그를 향해 손을 흔들며 미소 지어 보였습니다. 그 짧은 순간의 교차. 나는 그 순간의 인연으로 그와 내가 다음 어느 생엔가 정다운 친구로 만날 것 같은 예감이 들었습니다.

바닷가 마을에는 이국의 노동자들이 어장 일을 하기 위해 머물고 있습니다. 그들은 일이 없는 겨울이면 고국으로 돌아갔다가 봄이 되면 다시 이 작은 어촌을 찾아옵니다. 바닷가 길을 걷다가 어구를 손질하는 그들을 보면 나는 가만히 손을 흔들며 인사를 나눕니다. 그러면 그들은 마치 슬픔을 모르는 사람들처럼 내게 더 반가운 표정으로 인사를 합니다. 가족의 생계를 위해 먼 이국에 와 노동하는 사람들. 그들의 미소 속에는 가족을 향한 깊은 사랑이 스며 있는 것 같습니다. 가족을 사랑하는 사람들은 언제나 착합니다. 내 아버지와 어머니가 그랬던 것처럼, 가족을 사랑하는 사람들의 마음속에는 사랑이 자리하고 있습니다. 지난 초봄, 두꺼운 잠바를 입고 시린 손을 불어 가며 어구를 정리하는 그들을 보며 나는 가만히 눈물 글썽인 적이 있습니다. 가족을 위해 희생하지만 사랑으로 희생의 고됨을 잊는 사람들의 삶은 착해서 눈물 짓게 합니다. 연민은 착한 사람들에게 바치는 소리 없는 사랑이라는 것을 나는 그때 알았습니다.

바닷가 길이 내게는 수행 도량입니다. 그 길을 걸으며 이국의 노동자들을 볼 때마다 연민의 마음을 만나기 때문입니다. 강강해 타인의 아픔을 몰랐던 마음에 비로소 이웃이 들어오고 그들의 고된 삶의 이야기들이 내 마음을 순하게 물들입니다. 수행이 대자비의 완성이라면 이국의 노동자들은 내게 일구어야 할 자비의 밭으로 자리하고 있습니다.

자전거가 스치고 지나간 자리에는 여전히 연민과 슬픈 큰 눈동자가 남아 있습니다. 착한 사람들에게 바치는 내 눈물이 아름다운 빛처럼 바다 위에 반짝입니다.

생각을 바꾸는 연습을 해 보십시오

●

늙으면 늙은 대로

　　　　　　　　오래전 알던 속가의 인연들을 보면 참
많이 늙었다는 생각을 하게 됩니다. 세월의 흔적들이 역력하게 남
은 그들의 모습을 보면서도 자신에게 남겨진 세월의 흔적들은 생
각하지 않습니다. 그래서 그냥 이렇게 내뱉고 맙니다. 이젠 많이
늙으신 티가 나네요, 하고 말입니다. 이 말 속에는 자신은 아직 그
리 늙지 않았다는 자부심이 배어 있습니다. 난 세월이 가도 아직
이렇게 젊은 모습을 유지하고 있는데 당신은 뭐냐 하는 식의 오만
함이 있는 것입니다. 나는 아직 내게서 세월의 흔적을 발견한 적
이 없습니다. 동안은 아니지만 내 마음은 언제나 세월을 비켜 있
습니다. 젊음에 대한 이 오만은 내 삶이 아직 익지 않았다는 반증
이기도 합니다.

　　누구나 젊음과 건강과 장수를 원하지만 그 누구도 그렇게 살
수는 없습니다. 생로병사는 아주 자연스러운 고통이기 때문입니
다. 병들고 늙고 죽는 것이 우리들의 삶입니다. 그러니 늙고 병들

었다고 푸념할 일이 아닙니다. 늙으면 늙은 대로 병들면 병든 대로 최선을 다해 진리를 찾아가면 될 일입니다. 늙었다고 진리가 당신을 외면할 이유가 없고 병들었다고 진리가 당신을 거부할 이유가 없습니다.

늙었다 병들었다 하는 것도 다 상대적인 말입니다. 이 상대성의 한계를 벗어나는 길은 언제나 최선을 다해 사는 것입니다. 세월의 흔적은 모습에만 그려질 뿐 최선을 다하는 그 마음엔 절대 그려질 수 없다는 것을 굳게 믿으며 오늘도 최선을 다해 출발합시다.

황동규 시인

황동규 시인에게 전화를 했습니다. 시
인은 정답게 전화를 받았습니다. 노 시인은 마치 어린아이처럼 아
주 공손한 어투로 내게 답했습니다. 부탁이 있어 전화를 드렸는데
오히려 너무나 공손하게 답하셔서 아주 기분이 좋았습니다.

시인의 어투는 아주 정직한 초등학생의 대답과도 같았습니
다. 전화를 끊고 나는 생각했습니다. 사회적으로 대단한 어른이
어찜 이렇게 점잖게 공손한 어투로 말할 수 있을까. 우리 사회의
명성이나 관록은 겸손과는 멀다고 생각했는데 노 시인의 공손한
어투는 그 통념을 깨는 것이었습니다.

쌍계사 선방에 선덕으로 계시는 스님이 있습니다. 스님은 법
랍이 높고 연세도 있으십니다. 아마 틀니를 하셨는지 웃는 모습
이 합죽해 보여 보기가 여간 정다운 것이 아닙니다. 어느 날 아침
공양을 마치고 선방 다각실에 올라갔습니다. 다각실에서 차를 마
시는데 선덕 스님이 사과를 가져와 칼로 껍질을 벗기려 하셨습니

다. 그 순간에 제가 지나가는 말로 말씀을 드렸습니다. "사과는 껍질째 먹는 것이 좋다던데요." 그러자 선덕 스님은 그냥 "네, 잘 알았습니다. 그럼 그렇게 먹겠습니다" 하며 덥석 껍질째 사과를 베어 물었습니다. 그 모습에서 나는 아주 맑은 동자승을 보았습니다.

부처님은 언제나 부드럽고 아름답고 진실하고 시의에 적절한 말을 하라고 하셨습니다. 이 모든 것을 다 담은 어투가 겸손한 어투라고 생각합니다. 겸손한 어투는 다변을 떠나 있고 언어의 폭력성과 거짓을 떠나 있기 때문입니다.

나의 어투를 돌아봅니다. 나의 어투는 얼마나 겸손한가. 그리고 얼마나 단순하고 맑은가. 입속의 도끼가 무디어져 어떤 말을 해도 상처를 남기지 않는 사람이 진정 아름다운 사람 아닐까. 나도 그렇게 세상 모든 사람을 향해 가장 맑고 겸손한 어투로 말할 수 있었으면 좋겠습니다.

생각을 바꾸는 연습을 해 보십시오

이별의 정석

　　　　　사랑은 아름답지만 사랑은 그 아름다
움만큼의 상처를 지니고 있습니다. 그래서 너무 깊은 사랑은 생각
할 수도 없는 깊은 상처를 남기고야 맙니다. 사랑하더라도 헤어짐
이 버겁지 않을 만큼만 사랑해야 합니다. 우리는 모두 이별을 전
제로 살아가는 사람들이기 때문입니다.

　　병원 장례식장에서 우연히 신도님을 만났습니다. 이십 년도
더 지난 세월의 공백에도 나를 알아보았습니다. 삼십 대 때 어머
니를 모시고 다니던 그녀는 어느새 오십 대 후반이 되었습니다.
그녀는 나를 보자마자 흐느껴 울며 휴대전화에 저장된 어머니
사진을 보여 주었습니다. 내가 예전에 알던 보살님 모습은 사진
속에 없었습니다. 사진 속 어머니는 침상에 누워 있었고 코에는
산소 호흡기를 대고 있었습니다. 우리 어머니를 알아보시겠냐,
며 그녀는 흐느껴 울었습니다. 나는 가만히 등을 토닥여 주었습
니다.

그녀의 어머니는 연명 치료를 하신 지 꽤 오래되었다고 합니다. 주위에서 다들 어머니를 놓아주라고 말해도 그녀는 차마 그럴 수가 없습니다. 이미 식물인간이 되었지만 그래도 존재해 계신다는 그 사실만으로도 그녀는 커다란 위안을 받고 있습니다. 그녀는 알아듣지도 못하는 어머니 곁에서 이렇게 말하고는 합니다. "엄마, 힘들지. 그래도 나를 위해서 이 세상에 조금만 더 머물러 줘." 눈물을 흘리며 전하는 어머니를 향한 그녀의 사랑을 나는 더는 들을 수가 없어 눈을 감았습니다.

　　사랑이 얼마나 깊으면 눈물로도 씻을 수 없는 것일까요. 사랑이 얼마나 깊으면 온 가슴을 다 태워도 보낼 수가 없는 것일까요. 나는 이제 그만 어머니를 놓아드리라고 했습니다. 연명 치료를 받고 계시는 어머니 몸과 마음의 '이제는 잠들고 싶다'는 이야기를 들어야 한다고 말했습니다.

　　사랑하는 사람과 헤어지는 것은 어렵고도 어려운 일입니다.

하지만 헤어질 때 헤어지지 못하면 고통의 길이만 늘어날 뿐입니다. 태어나면 죽게 되어 있고 만나면 헤어지는 것이 정한 이치입니다.

연꽃 만나고 가는 바람같이 그렇게 우리 사랑하는 이와 헤어지는 법을 익혀야 합니다. 헤어지면 어느 생엔가 우리 또 만난다는 희망을 가슴에 새기며.

●

최악의 순간은 오지 않았다

마음이란 알아차리지 않으면 자기 마음대로 달려갑니다. 그 질주란 얼마나 빠른 것인지. 혹은 느리면 또 얼마나 무거운 것인지. 마음이 다운되는 순간이면 난 마음을 바라보며 말합니다. 아직 걱정할 순간은 오지 않았다고. 또 그런 순간이 온다면 난 다시 아직 최악의 순간은 오지 않았다고 말할 겁니다.

스스로 여지를 없애는 사람은 마음의 노예가 되지만 어떤 순간에도 여지를 남겨 두는 사람은 마음의 주인이 될 수 있습니다. 그 여지가 내가 마음을 다스릴 수 있는 거리입니다. 너무 엄살떨지 말고 삽시다. 살아 있다면 그것은 아직 최악이 아니고 최악이 아니라면 언제든지 좋아질 수 있습니다. 스스로 회복기의 아침을 열어 가는 태양 같은 사람이 됩시다. 오늘 아침도 태양은 웅장하게 떠오릅니다. 당신의 하루도 저 태양처럼 그렇게 웅장하게 떠오른다는 사실을 기억하시기를.

생각을 바꾸는 연습을 해 보십시오

혜월 스님 이야기

경허 스님의 제자 혜월 스님은 아주 열심히 밭을 개간하는 스님이었습니다. 글은 알지도 못했지요. 그래도 스님은 천진 도인이었습니다.

어느 날 스님이 사는 절에 도둑이 들었습니다. 스님이 자고 있는데 이상한 소리가 나 가만히 나가 보았습니다. 창고 앞에서 도둑이 지게에 훔친 쌀을 올려놓고 끙끙거리고 있었습니다. 스님은 가만히 뒤에서 지게를 밀어 올렸습니다. 갑자기 뒤가 가벼워진 도둑이 뒤를 돌아보았습니다. 그러자 혜월 스님은 입에 손가락을 대고 조용히 하라고 일렀습니다. 그러고 나서 스님은 말했습니다. 다음에 필요하면 또 오라고. 스님은 달빛 아래 등을 보이며 처소로 돌아갔다고 합니다.

참 아름다운 스님입니다. 공부인의 삶의 모습이 바로 이런 것 아닐까요. 어려운 행을 아주 아름답게 행하는 사람이 진정한 수행자라는 생각이 듭니다.

다짐

'선함을 붙잡으라. 그것이 지구상에 한 줌밖에 안 남은 것일지라도. 당신이 믿는 것을 붙잡으라. 그것이 홀로 서 있는 나무일지라도. 내 손을 잡아라. 그 손이 내일 당신의 손을 놓고 떠날지라도.'

미국 푸에블로족의 이야기입니다. 당신은 그 많은 다짐과 발원 가운데 지금 무엇을 붙잡고 있습니까. 이제 한 해가 또 저뭅니다. 우린 어쩌면 붙잡지 못하고 놓쳐 버린 많은 것을 아쉬워할는지 모릅니다. 그래도 우리는 다시 매 순간 다짐하고 발원해야 합니다. 우리가 가치라고 믿는 것들을 붙잡기 위해서. 삶은 만들어 가는 것입니다. 주저하지 말고 당신이 추구하는 가치와 믿음을 붙잡으십시오.

이 길에서
부처의 미소를 보았다

2015년 9월 4일 오전 아홉 시 십오 분, 서안을 향해 날아가는 비행기를 탔다. 조계종 교육원에서 시행하는 실크로드 해외 연수에 참석한 나는 비행기에 앉아 실크로드를 걸어가는 현장 스님을 떠올렸다. 모래바람 부는 사막과 뜨거운 화염산 그리고 길게 이어진 황톳길을 걸으며 그가 가장 부러워했던 것은 무엇이었을까. 새였을 거란 생각이 들었다. 사막에서도 그리고 황토 바람 부는 곳에서도 새들의 비행은 얼마나 자유로운가. 현장은 허공을 자유롭게 나는 새들을 보며 날개를 다는 꿈을 꾸었을 것이다. 날개가 있어 하늘을 자유롭게 날 수만 있다면 얼마나 빨리 서천축에 닿을 수 있을까. 원전을 보고 싶었던 꿈에 날개를 달지 못했던 현장은 때로 좌절하고 때로 스스로를 일으켜 세우며 목숨을 바쳐 서역 길을 걸어갔을 것이다.

비행기가 서안공항에 도착했다. 나도 상상의 날개를 접었다. 이제 실크로드에 '현장'은 없다. 나는 이 길 위에 주인공으로 다가서고 싶었다. 나는 이 길 위에서 절망과 희망의 모든 질감을 스스로 느껴 보고만 싶었다. 서안은 내 고유한 질감을 찾아가는 그 시작이었다. 몇 해 전 서안에서 나는 진시황의 병마총을 보았다. 무력적 제국의 웅대함. 그것은 무덤으로 남는 한때의 환상과도 같은 것이었다. 나는 그때 무력에 대한 환상을 버렸다. 우리가 무력으로 무엇을 남길 수 있단 말인가. 무력은 대답 없는 메아리에 지나지 않는다는 것을 허망한 역사 유적 속에서 분명히 보았다.

내 기억의 대치점에 법문사가 있었다. 부처님의 지골 사리가 봉안된 곳이다. 그것은 영욕의 세월을 견디어 온 조용한 힘이었다. 북위北魏에서 당唐에 이르기까지 황제가 부처님 사리를 친견한 것은 아홉 번이었다. 그중 일곱 번이 당대의 일이었다. 그러나 당나라 의종은 지골 사리를 지하 궁전에 봉안하고 그 입구를 막아 버렸다. 그 후 사리는 전설이 되었다. 의종의 뜻은 무엇이었을까.

그 후 최근에 와서 사리의 존재가 드러났지만 의종의 뜻은 여전히 밀봉된 채 알 수가 없다. 나는 전시된 지골 사리를 향해 절을 했다. 가이드는 전시되지 않는 사리가 전시돼 있는 것이 놀랍기만 하다고 너스레를 떨었다. 투명한 유리 사리함에 모셔진 사리를 눈으로 볼 수는 없었다. 하지만 어떤가. 아주 오랫동안 전설이었던 사리를 이렇게 먼발치에서라도 친견할 수 있다는 것이 내게는 일종의 경이였다. 그것은 전설이 현실이 되는 순간이었다. 안개 같던 전설이 생생한 사리로 내게 다가오는 순간 나는 계정혜戒定慧 삼학의 영롱한 빛을 본 것만 같았다.

실크로드를 따라 얼마나 많은 스님들이 길을 걸어갔을까. 칠백사십 명이 이 길을 걸어갔고 살아서 돌아온 구법승들은 예순세 명에 지나지 않았다고 한다. 팔 퍼센트가 좀 넘는 스님들만이 살아서 돌아왔을 뿐이다. 그 작은 생존 확률을 안고도 그 길을 향해 떠난 것은 법을 위해 신명을 바치는 위대한 정신이 있었기 때문이다. '육신은 죽어도 정신은 죽지 않는다'는 말을 나는 이 길 위에서 목숨을 바친 구법의 스님들께 마치 조사처럼 올렸다. 그리고 나는 그 위대한 정신의 구현자가 나이기를 발원했다. 몸이 사는 것이 아니라 정신이 사는 삶은 얼마나 아름다운가. 언제나 새벽처럼 깨어서 내게 주어진 매일을 살 수 있다면 그것은 얼마나 눈부신 삶인가.

실크로드의 옛 길은 두 가지가 있다. 하나는 서안에서 위수

진주 농서 난주를 지나 병령사를 통과해 하서주랑에 이르는 길이고, 다른 하나는 서안을 출발해 빈현 경천 평량 정원 홍산협으로 가는 것이다. 위수에서 난주로 가는 길에서 가장 중요한 관문 하나가 진주다. 진주는 천수의 옛 이름이다. 한 무제 때 장건에 의해 개발되기 시작한 이곳에 구법승들이 모여들었다. 이곳에서 스님들을 모셔다가 법회를 열고 불경을 한역했다. 천수에 불심을 보여주는 유적들이 존재하는 이유이기도 하다. 그 절정이 바로 맥적산 석굴이다.

맥적산 석굴은 운강 · 용문 · 돈황 석굴과 함께 중국의 사 대 석굴로 꼽힌다. 맥적산 석굴은 여러 왕조에 걸쳐 이루어졌다. 그만큼 다양하고 아름다운 석굴과 소조 불상이 존재하고 있다. 나는 방충망 같은 철사 망 속 감실에 안치된 불상을 찍었다. 그리고 바위에 일렬로 새겨진 불상도 촬영했다. 철망 속에 안치된 부처님은 마치 작품처럼 내게 사진으로 남아 있다. 오랜 세월에도 불구하고 불상은 원형을 보존하고 있었다. 항온기나 항습기가 없어도 불상은 부식되거나 곰팡이가 슬지 않았다. 건조한 기후 때문이었다. 건조한 기후는 사람이 살기에는 척박한 것이었으나 불상의 원형을 보존하기에는 더없이 좋은 것이었다. 건조한 기후는 가장 자연에 가까운 것이라는 것을 나는 맥적산 석굴에서 알았다. 자연에 가까이 가고 싶다면 기꺼이 건조한 기후의 어려움을 견뎌야만 한다. 자연은 편리를 용인하지 않는다. 자연은 불편과 인내를 감당

하는 사람들, 자연의 법칙에 순응하는 사람들만을 받아들이고 있는 것이다.

십만의 부처가 안치돼 있다고 해서 병령사炳靈寺라는 이름을 가진 절을 찾았다. 유가협 댐에서 배를 타고 한 시간을 달려가면 병령사를 만날 수 있다. 작은 보트를 타고 달리는 뱃길은 시원했다. 창문 사이로 들어오는 바람은 마치 오래된 미래를 향해 가는 길만 같았다. 병령사 앞에서 우리는 기념 촬영을 했다. 혜충 큰스님이 웃으시고 우리도 따라 웃었다. 카메라 셔터가 눌러졌다. 한 장의 사진에 우리의 웃음과 모습이 담겼다. 가끔 이 사진을 보며 우리는 이 사진 속의 스님들을 기억하게 될 것이다. 사진은 이렇게 기억을 남긴다.

햇살이 따가웠다. 햇살이 쏟아지는 바위에 부처님이 빛났다. 병령사 대불 앞에서 우리는 지극한 마음으로 예불을 올렸다. 우리의 이 지극한 마음의 소리가 아득한 시간을 넘어 저 대불님께도 전해질까.

"저는 한국에서 온 비구 성전입니다. 부처의 꿈을 안고 살고 있지만 부처는 너무나 멉니다. 이 아득한 거리가 절망이 되지 않도록 굽어살펴 주시옵소서."

부처님이 웃으시는 것만 같았다. 시간과 공간을 뛰어넘는 저 미소. 진리는 그런 것이 아닐까. 나는 그날 분명 부처의 미소를 보았다.

4장

지나간 것은
지나간 대로

그냥 놔두는 것이 좋습니다.

한번 흘러간 물에 두 번 발을 담글 수 없듯이

우리는 두 번 다시 그 시간대에 설 수 없기 때문입니다.

저무는 시간 앞에 선 원효의 탄식

서울의 밤거리를 걸었습니다. 연말 도시의 거리는 산중과는 다르게 화려했습니다. 사람들이 만드는 연말 풍경이 어쩌면 이렇게 예쁠 수가 있을까 하는 생각이 들었습니다. 저무는 한 해가 아쉽다는 듯 도시의 연말은 불빛으로 다정하게 반짝였습니다. 사람들은 어쩌면 올 한 해를 저 불빛처럼 반짝이며 살아왔는지도 모릅니다. 때로 속상하고 마음 아픈 날도 있었겠지만 지나고 나면 모든 것은 다 저 불빛처럼 아름다워지는 것이 시간의 진리입니다. 시간이 지나면 우리 삶의 모든 내용은 삶의 아름다운 풍경으로 변하고 맙니다. 그것은 시간이라는 마술사가 있기 때문입니다. 시간이 흐르면 우리는 용서하고, 이해하고, 또 아쉬운 마음으로 그 모든 것을 바라보게 됩니다.

불빛이 반짝이는 연말 서울 거리를 걸으며 나는 '안녕'이라고 시간을 향해 작별 인사를 했습니다. 오랫동안 시간 속을 살아왔지만 시간을 향해서 작별 인사를 해 본 적은 없었습니다. 그런데 올해는 시간을 향해서 작별 인사를 하고 싶어졌습니다. 시간이 가는 것이 아쉬움으로 다기섰기 때문입니다. 나이를 먹은 것입니다. 이제는 살아갈 날이 살아온 날보다 짧다는 것을 생각하게 됐습니다. 곶감 대에서 곶감을 빼 먹듯 나는 앞으로 그렇게 아쉬운 마음으로 남은 시간을 빼 먹게 될 것입니다.

산사에는 가끔 요양하러 와서 머무는 사람들이 있습니다. 그 중에서 기억나는 여자 분이 있습니다. 키가 크고 야윈 몸에 병색이 완연했습니다. 암으로 투병 중이었지만 얼굴에는 언제나 미소를 머금으려 노력했던 분이었습니다. 나는 아주 잠깐씩 그를 상대로 이야기를 해 주고는 했습니다. 불교적인 이야기가 생을 정리하는 데 도움이 될 수 있겠다는 생각이 들어서였습니다.

나는 그에게 지금 무엇이 가장 아쉽고 무엇이 가장 필요한가를 물었습니다. 그는 시간이라고 했습니다. 좀 더 시간이 허락된다면 아이들과 남편에게 못 다해 준 모든 것을 다해 주고 싶다고 했습니다. 하지만 시간은 허락되지 않았고 그는 그 바람을 숙제로 안고 이 세상을 떠났습니다. 한번 흘러간 시간은 우리의 간절함에도 되돌아오지 않는 무심한 것입니다.

원효 스님은 시간을 살아가는 사람들을 향하여 이렇게 경책하셨습니다. "오늘도 공부가 끝나지 않았는데 악惡을 짓는 일은 날로 많아지고, 금년에도 다하지 못했는데 번뇌는 끝이 없고, 내년에도 다할 가능성이 없다면 깨달음으로 나아갈 수가 없구나. 시간은 옮기고 옮겨 어느새 하루가 지나고, 하루하루가 옮겨 어느새 한 달이 지나며, 한 달 한 달이 옮겨 어느새 연말에 이르렀고, 한 해 한 해가 옮겨 잠깐 사이에 죽음의 문턱에 이르렀나니."

그에게 시간은 악을 그치게 하는 것이었고, 번뇌를 지우는 것이었고, 공부였고, 깨달음이었습니다. 시간이 간다는 것은 깨달음의 순간들이 사라져 간다는 의미였습니다. 원효는 일생이 아니라 시간 시간을 산 사람이었습니다. 그래서 그는 하루가 노을과 함께 저무는 시간이면 탄식했다고 합니다. "오늘도 저물었구나. 아침부터 왜 서두르지 못했던가." 노을 앞에 선 원효의 탄식을 들어 보십시오. 그것은 가장 절실하게 인생을 산 사람이 부르는 시간의 절창絶唱입니다.

시간의 의미를 안다는 것은 인생의 의미를 아는 것입니다. 인디언의 십이월은 '침묵하는 달' '무소유의 달'입니다. 그들은 자연의 변화나 영혼의 움직임을 주제로 매달 명칭을 만들었다고 합니다. 달력을 넘기며 인생의 의미를 찾으려 노력했던 그들은 말이 다툼의 근원이고 소유는 탐욕의 다른 이름이라는 것을 알았습니다. 그들은 침묵과 무소유로 다툼과 탐욕의 한 해를 성찰하고 비우고자 했습니다. 그리고 의미로 충만한 새날들을 기다렸습니다. 달마다 인생의 의미를 부여하고 그렇게 살고자 했던 그들의 시간은 아름다운 인생을 찾아가는 길이었습니다. 탐욕의 존재인 우리는 얼마나 쉽게 인생의 의미를 잃어버리고 살아갑니까.

당대의 선승 운문이 대중에게 물었습니다. "보름 이전 일에 대해서는 그대들에게 묻지 않겠다. 보름 이후에 대해서 한마디 해 보아라." 아무도 대답하는 사람이 없자 스스로 말했습니다. "날마다 좋은 날이지."

과거를 묻는 것은 부질없습니다. 시간은 양적인 길이이지만 의미의 깊이이기도 합니다. 시간이 의미가 될 때 시간은 언제나 현재가 되고 영원이 됩니다. 시간을 끊임없이 의미로 창조해 나가는 사람에게 시간은 자신이 지닌 소중한 가치를 내어 줍니다. 그것은 바로 '행복'입니다. 행복한 사람의 매일은 날마다 좋은 날일 수밖에 없습니다.

산사에 돌아오니 어느새 나무는 옷을 다 벗었습니다. 칭병稱病하고 며칠 세간에 머무른 사이 산사에도 본격적인 겨울이 찾아온 것입니다. 찬바람 속에서도 의연하게 서서 날마다 봄을 일구는 나무는 행복해 보였습니다. 세월이 가고 와도 나무처럼 서서 행복을 일굴 일입니다. 그렇게 의미의 시간들을 일구다 보면 우리가 사는 시간 속으로도 언젠가 날마다 좋은 날의 소식이 배달되어 올 것입니다.

내 인생의 성지

오늘은 미얀마에 갑니다. 신도님들과
성지도 순례하고 아이들의 학교에 가서 수도도 설치해 줄 겁니
다. 후원금이 천오백만 원 들어왔고 그중 천이백칠십만 원을 들
여 수도 설치 공사를 합니다. 내일이면 그것이 완공돼 아이들과
함께 맑고 깨끗한 물을 마시는 것으로 우리 만남의 인사를 나누
게 됩니다.

가끔 생각해 보면 성스러운 행위가 이루어지는 곳 또한 성지
라는 생각이 듭니다. 내 인생의 성지는 얼마나 될까? 돌아보지만
내 인생의 성지는 잘 보이지 않습니다. 이제라도 늦은 감이 없지
않지만 인생의 성지를 만드는 일을 해 나가야겠습니다. 이번 미얀
마 순례가 그 일의 시작이었으면 좋겠습니다.

가끔 생각해 보면 성스러운 행위가
이루어지는 곳 또한 성지라는 생각이 듭니다.
이제라도 늦은 감이 없지 않지만
인생의 성지를 만드는 일을
해 나가야겠습니다.

미얀마, 나의 과거와 현재와 미래를 만나는 곳

미얀마는 내게 하나의 서정입니다. 그래서 미얀마의 모든 것은 내게 의미로 다가옵니다. 이 세상 어느 곳이 이토록 깊은 의미의 속살을 가지고 있을까. 나는 그곳의 먼지와 때 묻은 아이들과 슬퍼 보이는 가난과 안개처럼 자리한 탑들 속을 거닐며 내 과거와 현재와 미래와 만납니다.

나도 그렇게 살았습니다. 먼지가 나는 좌판에 앉아서 뽑기를 하고 흐르는 콧물을 손으로 훔치며 자랐습니다. 길바닥에 넘어져 무릎이 까지면 손으로 꼭 누르고 피가 멈추기를 기다렸다가 다시 동무들의 놀이 속에 합류하고는 했습니다. 영화 광고를 하는 스피커를 매단 차가 거리에 등장하면 우리는 소리치며 그 차를 뒤쫓아 그날 밤 어떻게 해서든 영화관에 가는 것을 꿈꾸고는 했습니다. 마치 변사처럼 영화의 내용을 소개하는 영화관 총무의 연기는 내가 가장 흉내 내고픈 것 가운데 하나였습니다.

미얀마에는 이런 내 과거의 모든 삶의 모습들이 다 보이는 것만 같습니다. 내가 잃어버렸다고 생각했던 시간의 모습들이 그곳에는 고스란히 긴직되어 있는 것만 같습니다. 지나가는 아이들 가운데 누구든 톡 건드리면 고개를 돌리는 아이의 얼굴에서 나를 발견할 수 있을 것만 같습니다.

미얀마 거리에서 내가 눈을 감고 가만히 미소 짓는 것은 내 어린 시절 시간의 강물이 내 심장을 조용히 흐르기 때문입니다. 심장이 가만히 그리움으로 뛰고 있는 소리를 듣고 있으면 내 생의 모든 시간들이 연둣빛 새순으로 피어나는 것만 같습니다. 나는 늙었으나 나를 관통하는 시간이 푸르다는 사실은 얼마나 즐거운 일입니까.

헤호의 직조 공장에서 나는 사진 한 장을 찍었습니다. 일을 하다가 쉬는 시간이었는지 네 명의 여인이 차를 마시고 있었습니다. 나는 그들에게 동의를 구하고 그들의 표정을 사진에 담았습니다. 그들의 표정은 하나같이 순했습니다. 도시민들이 지닌 눈빛

속의 불안과 긴장과 경계가 그들의 눈빛 속에는 없었습니다. 그렇다고 절망의 눈빛 또한 없었습니다. 그냥 순하고 착한 눈빛뿐이었습니다. 그중 가장 어려 보이는 여인의 눈빛은 닮고 싶은 것이기도 했습니다.

눈빛과 소유의 상관관계를 찾는 것은 어쩌면 부질없는 일인 것만 같았습니다. 가난해도 불안하지 않고 가난해도 미워하지 않는 저 눈빛의 부드러움은 몇 생의 수행을 통해야 비로소 만날 수 있는 것이라는 생각이 들었습니다. 삶의 평화는 소유가 아니라 마음의 문제라는 것을 그 여인의 눈빛은 일깨워 주었습니다.

나는 마음을 잃어 모든 것을 잃고 살아왔던 셈입니다. 무언가를 찾고 또 무언가를 소유하려 했던 모든 것이 역설적이게도 잃음이었다는 것을 나는 이제 깨달아 가고 있습니다. 우리가 그토록 추구하는 소유와 얻음은 이슬과 같고 그림자와도 같은 것이었을 뿐입니다. 내가 내 것이라고 추구하는 모든 것이 개념이었다는 사실의 허망함을 나는 이제 알아가고 있습니다. 언제나 겉만을 말하고 겉만을 추구했던 삶 속에서 나는 안을 잃고 살아왔던 것입니다. 사랑을 말하나 사랑을 모르고 자비를 말하나 자비를 알지 못했던 것입니다. 사랑의 본질은 이해이고 자비의 본질은 연민입니다. 이해와 연민 없이 사랑과 자비를 말해 온 날들이 나는 문득 부끄럽습니다. 승복을 입었으나 간절한 깨달음의 서원이 없었고 뼈를 깎는 듯한 정진 또한 없었습니다.

바간의 쉐산도 파고다에서 노을을 바라보다 나는 문득 울고 싶었습니다. 내 삶은 허망함의 연속이었습니다. 삶의 고운 빛 하나 가지지 못한 내 삶은 얼마나 허술한 것이었던가. 생의 어느 한 때를 나는 저 노을처럼 산 적이 있었던가. 무엇을 이루기 위해 피를 토하며 살아온 시간이 있었던가. 없었습니다. 노력하지 않은 시간들은 결코 아름다운 색을 가질 수 없다는 것이 노을 앞에서는 너무나 선명하게 드러났습니다. 삶의 모든 시간과 자신에게 미안

했습니다. 삶에 고운 빛 하나 물들이지 못한 시간을 향한 죄의식이 노을빛을 따라 강하게 명치를 강타해 왔습니다. 이 아픈 후회가 다시 일어서는 동력이 되기를 나는 기도했습니다.

노을이 지고 난 자리에도 다시 해가 찾아옵니다. 여행의 마지막 날 오후 로카찬타 파고다에서 나는 여행 중 가장 평화로운 한때를 맞았습니다. 대불 앞에서 조용히 기도하는 미얀마 스님과 여인과 아이들. 기도하는 그 모습이 마치 부드러운 햇살을 닮은 것만 같았습니다. 신성을 향한 자의 마음이 그대로 몸 밖으로 흐르고 있는 것만 같았습니다. 기도를 통해서 성인과 범부는 하나가 되고 속됨은 신성을 향해 열리는 연꽃이 되는 것만 같았습니다.

나는 조용히 합장하고 앉아 대불을 우러러보았습니다. 눈의 거리는 가까웠으나 마음의 거리는 아득하다는 생각이 들었습니다. 나는 기도하는 사람으로 남고 싶었습니다. 부처가 되기보다는 부처를 향해 기도를 올리는 사람으로 남고 싶었습니다. 꿈을 이루기보다는 꿈을 꾸는 사람으로 남는 것이 왠지 내게는 더 합당하다는 생각이 들었습니다. 기도하는 마음으로 살고 기도하는 마음으로 사라져 갈 수 있다면 그것으로 충분히 족하지 않겠는가. 당신을 위해 기도하고 자신을 위해 기도하고 모든 생명을 위해 기도하며 아침을 열 수 있다면 그것은 얼마나 아름다운 삶이겠는가. 입으로 하는 기도가 아니라 가슴에서 샘솟는 기도를 올릴 수만 있다면 내 여생에도 아름다운 빛 하나가 깃들 것만 같습니다.

미얀마 사원에서 만난 청년

사원 안에서 구운 과자를 팔던 청년이 어깨에 걸쳤던 과자 통을 내려놓고 부처님 발아래에서 기도를 합니다. 가슴이 울컥해 눈가에 눈물이 고였습니다. 우리 일행 중 누군가 그에게 과자를 사려는 순간 그 사원의 스님이 가만히 손짓으로 접근을 제어했습니다. 그리고 그를 가리키며 합장을 해 보였습니다. 기도 중이라는 의미를 스님은 그렇게 설명했습니다.

일하는 중에 기도하고 기도를 마치면 다시 일하고. 일과 기도가 그에게는 하나였습니다. 그래서 사원에서 싸구려 과자를 파는 일도 성스러운 것일 수밖에 없는 것이었습니다.

미얀마의 아름다움은 바로 이것이었습니다. 미얀마에서 기도하고 보시하는 사람들의 모습에서 한번쯤 가슴이 먹먹해지거나 눈물의 촉감을 느껴 보지 못했다면 그는 미얀마를 본 사람이라 할 수 없을 것입니다.

외로움과 랩

아웃사이더, 신옥철이 책과 CD를 보내왔습니다. 나는 그를 직접 알지는 못하지만 어떤 인연으로 어렴풋이 알고는 있었습니다. 그는 한국에서 가장 빠른 랩을 하는 래퍼로 알려져 있습니다.

책과 음반을 보내 준 것이 고마워 랩에 대한 정의부터 찾아보았습니다. "랩은 노래하는 대신 음악을 타며 경쾌하게 대사를 읊는 새로운 창법입니다." 나는 그의 음반과 책을 보기 시작했습니다. 책 속에 그는 일 분에 열일곱 음절을 노래한다고 쓰고 있습니다. "누구보다 빠르게 남들과는 다르게." 이것이 그의 음악적 설정입니다. 그의 대표곡 '외톨이'는 그가 외로움을 어떤 식으로 만나고 그것이 어떻게 다른 사람에게 위안으로 다가설 수 있는지 그 가능성을 보여 주고 있습니다. 자살을 실행하려던 한 소년은 어디선가 들려오는 '외톨이'라는 음악에 귀를 기울이게 되고 소년은 다시 삶의 길로 접어들게 됩니다. 외로움은 발산하면 해소가 되고 표현하면 타인에게 위안이 된다는 것을 그는 일깨워 주고 있습니다.

우리는 누구나 외로움과 불안을 만납니다. 그것은 우리들 삶의 내용이기도 합니다. 저항하고 거부할 때 그것들의 위력은 더욱 커집니다. 외롭지 않으면 어찌 인생이랴, 말하는 시인처럼 받아들이면 그것은 사라지고 다시 공감과 위안으로 태어나게 됩니다. 깊은 외로움으로 다시 태어난 사람의 그 따뜻함을 나는 알고 있습니다.

"삶을 살아간다는 것은 문턱을 넘는 것이 아니라, 그저 발이 가는 대로, 마음이 가는 대로 걸어가면 되는 것이었다. 마냥 걸어가다 힘에 부치면 그곳이 언덕이고, 마냥 걸어가도 힘이 들지 않는다면 그곳이 평지인 것이다. 내가 생각하는 대로 내가 흘러가고자 하는 대로 그저 말없이 조용히 흘러가면 되는 것이다. 그런 것이었다. 삶은." 그의 저서 『천만 명이 살아도 서울은 외롭다』에서 그는 이렇게 말합니다. 반항을 넘어선 달관의 자세가 엿보입니다. 그는 결국 외로움을 노래해 용기를 건네는 이 시대의 이야기꾼입니다. 나는 생소한 그의 랩에 귀를 기울입니다.

미안합니다

　　암자가 산 밑이라 가끔 등산객이 오갑니다. 인적 드문 곳이라 등산객들이 담소하며 지나가는 것은 때로 정답게 들립니다. 하지만 가끔 눈살을 찌푸릴 때가 있습니다. 고성방가를 해 대는 경우가 그렇습니다.

　　얼마 전 오후였습니다. 노랫소리가 들려왔습니다. 조금 있다 그치겠지 하며 보던 책을 마저 보았습니다. 하지만 노랫소리는 계속 이어졌습니다. 큰절에 갈 일도 있고 해서 문을 열고 나서 보니 암자 바로 밑에서 사람들이 노래에 춤까지 추고 있었습니다. 모두 시골의 촌로들이었습니다. 검게 그을린 얼굴들. 한 생애의 고됨이 다 묻어나지만 참 선해 보였습니다. 나는 짜증이 섞인 말투로 말했습니다. "절에서 이거 뭐하는 짓들이세요." 춤을 추던 사람들은 그 말에도 쉬이 춤과 노래를 그치지 않았습니다. 그중 할아버지 한 분이 내게 다가와 미안하다고 말했습니다. 그 눈빛을 보는 순간 나는 더 이상 어떠한 말도 할 수가 없었습니다.

그들을 뒤로하고 산길을 내려오면서 나는 참 많이 미안한 생각이 들었습니다. 한생을 어렵게 산 사람들의, 어쩌면 모처럼의 휴식이었을 수도 있는 그런 시간을 내가 무참히 짓밟았다는 생각에 후회가 밀려들었습니다. 일생을 노동하며 정직하게 살아온 사람들에게 나는 최소한의 자비조차 없었던 것입니다. 왜 웃으면서 '즐겁게 좀 조용히 노시다 가세요.' 이 말 한마디를 하지 못했던 것일까요. 암자라는, 중이라는 생각에 가슴이 닫혀 있었던 것입니다. 가슴을 열면 어떤 것도 이해하지 못할 것이 없고 용서하지 못할 것이 없는데도 가슴을 열기가 그렇게도 어려웠나 봅니다.

한 해가 갑니다. 지금 이 순간 내게 가장 크게 남아 있는 것은 '미안하다'고 말하던 검게 그을린 촌로의 선한 눈빛입니다. 세상을 살아가는 모든 선한 눈빛의 사람들과 내가 살아온 한 해의 시간 앞에서 나는 가만히 두 손을 모으고 말합니다. "미안합니다."

가슴과 영감을 따라 살아라

　　새벽 법당을 가려고 나선 길에 눈이 하얗게 쌓여 있습니다. 보름달 밝은 빛을 타고 눈이 하얗게 내렸습니다. 내가 잠든 사이 눈은 소리 없이 내리고 또 쌓여 누군가의 발걸음을 기다리고 있던 것만 같습니다. 한 발 한 발 눈에 발자국을 찍으며 가는 길에 하늘을 보았습니다. 하늘은 보름달을 미소처럼 내보이며 미소 짓고 있었습니다.

　　눈길을 걸으며 법당으로 가는 길에 문득 이런 시구가 떠올랐습니다. "사랑을 하는 것은 사랑을 받는 것보다 행복하다." 다시 한번 눈을 보고 하늘을 보았습니다. 행복했습니다. 알 수 없는 행복이 가슴에 달빛처럼 차오르는 것 같았습니다. 이 알 수 없는 행복은 사랑입니다. 가슴과 영감으로 찾은 내 인생을 살고 있기에 만나는 행복입니다. 우리가 행복하지 않다면 그것은 우리 삶이 우리들 가슴의 선택이 아니기 때문일 수도 있습니다.

　　타인이 던져 준 삶을 자신의 인생으로 받아들일 때는 행복을 만나기 쉽지 않습니다. 그것은 먹고 살기 위해 경쟁 속에서 살아가는 누구나가 걷는 일상적인 길입니다. 그것은 결핍과 경쟁의 길입니다. 사랑을 하려고 하나 사랑할 가슴을 지닐 수 없는 길이기도 합니다.

고인이 된 스티브 잡스가 생전에 미국 명문대에서 졸업하는 학생들을 상대로 강연을 했습니다. "죽음을 생각하는 것은 무엇을 잃을지도 모르는 두려움에서 벗어나는 최고의 길입니다. 여러분은 죽을 몸입니다. 그러니 가슴을 따라 살아야 합니다. 다른 사람의 삶을 따라 사느라 시간을 낭비하지 마십시오. 가장 중요한 것은 가슴과 영감을 따르는 용기를 내는 것입니다."

가슴과 영감을 따라 살지 않으면 사랑과 감동은 아마 만나기 어려울 것입니다. 눈길을 걸으며 내가 사랑과 감동을 느끼는 것은 출가자로서의 나의 삶이 강요된 일상이 아니고 가슴과 영감에 따라 선택하고 살아가는 삶이기 때문입니다. 가슴과 영감을 따르면 나만의 길을 발견할 수 있지만 그것을 버리게 되면 오직 일상적인 생존의 길을 걷게 될 뿐입니다. 나는 내 삶의 길을 사랑합니다. 가슴과 영감을 따라 선택한 나만의 길이기 때문입니다. 그래서 이 길 위에서 나는 감동과 사랑을 꿈꿉니다.

타인을 타인으로 보기

강한 팀이 언제나 강한 것은 아닙니다. 축구 세계의 무적함대 스페인의 침몰이 그것을 말해 줍니다. 좋은 것이 언제나 좋은 것이 아니고 나쁜 것이 또 언제나 나쁜 것이 아닙니다. 미워하고 원망하는 마음은 이러한 무상한 소식을 모르기 때문입니다. 우리는 그렇습니다. 믿었던 사람이 서운한 모습을 보일 때 그를 미워하거나 원망합니다. 사람이니까 그런 마음을 지닐 수 있지만 그럴 필요가 없습니다. 그럴 만하니까 그런 것이고 자기 마음을 가지고 그런 것을 무어라 탓하는 것은 맞지 않습니다. 내 마음도 내가 어찌지 못하는데 남의 마음을 지배하는 것이 어떻게 가능한 일이겠습니까. 미워하고 원망하는 마음도 다 욕심입니다.

타인을 타인처럼 바라볼 줄 아는 마음이 성숙한 마음이라는 생각이 듭니다. 이제 나이가 들어서 그런가요. 마음도 자꾸만 성숙해져 갑니다. 이 세상 모든 사람을 미움 없이 바라보는 일, 그 일이 세월과 함께 늙어 가는 나의 일이라는 생각이 듭니다.

행복은 어디에 있을까

　　　　　　　　　사람들은 행복을 찾아 여기저기 기웃
거립니다. 하지만 행복을 발견하기는 쉽지 않습니다. 돈에 있을
까 하고 돈을 뒤져 봤지만 돈에 행복은 없었습니다. 모든 부자가
그다지 행복하지 않다는 것이 그 반증입니다. 권력이나 명예에 있
을까 하고 열심히 찾아봤지만 그곳에도 역시 행복은 없었습니다.
권력자들이 퇴임 후 얼마나 불행한 시간을 보내는지를 우리는 지
금도 목격하고 있습니다.

　　마음 밖의 세상에서 행복을 발견하는 것은 불가능해 보입니
다. 얼마 전 수백억 대의 자산을 가진 알리바바 마윈 회장이 91위
안(우리돈으로 월 1만6,000원)을 받고 교사로 일할 때가 가장 행
복했다는 인터뷰를 보았습니다. 그의 이야기에서 행복은 부富에
있지 않다는 것을 다시 한번 확인한 것입니다. 누군가 마윈에게
물었습니다. "지금의 모든 부를 버리고 그때로 다시 돌아갈 수 있
겠느냐?"고. 마윈은 망설이지 않고 "그러겠다"고 답했습니다.

얼마 전 나는 부자가 되고 싶어 하는 한 사람을 만났습니다. 나는 그에게 "왜 돈이 많았으면 좋겠냐?"고 물었습니다. 그는 답했습니다. "무엇이든지 하고 싶은 것을 할 수 있으니까요." 나는 다시 그에게 물었습니다. "무엇이든 하고 싶은 대로 다 할 수 있게 되면 그것은 하고 싶은 것이 다 사라져 버린다는 의미 아닐까?" 그는 대답이 없었습니다.

물질적으로 너무 풍족한 것은 편함을 주는 대신 삶의 희망을 앗아 갑니다. 마윈 역시 그렇다고 말했습니다. 교사 시절에는 희망이 있었지만 지금은 희망이 없다고. 희망은 노력으로 찾아가는 미래입니다. 지금 이 자리에서 바로 이룰 수 있는 것은 결코 희망이 될 수 없습니다. 맛난 것을 먹는 것도 여행을 떠나는 것도 날을 헤아리고 노력해서 이룰 때 진정 행복한 일이 됩니다. 그 설렘과 기다림이 없다면 모든 것은 그냥 건조한 것에 지나지 않을 뿐입니다.

삶의 탄력과 생동감은 노력과 기대와 희망에 있습니다. 조금의 결핍과 결여는 바로 노력과 희망과 기다림의 공간일 뿐입니다. 물질적으로 조금 가난하다는 것은 바로 그러한 모든 것과 함께하는 것을 의미합니다. 그래서 약간의 가난은 오히려 축복이기도 합니다. 행복은 이렇게 마음 안에서 반짝입니다.

겨울나무

놓을 때 아낌없이 놓아 버려야 합니다. 그래야 새로운 시작이 가능합니다. 새로운 시작은 축복입니다. 그것은 무한한 희망과 가능성이기 때문입니다. 놓되 마음에 작은 미련이나 집착도 없는 것을 완전한 놓음이라고 합니다. 완전한 놓음을 통해 우리는 새로운 탄생을 경험하게 됩니다. 날마다 새롭게 태어나는 삶이 진정 주인공의 삶입니다.

겨울나무는 여름날의 무성했던 녹음을 그리워하지 않습니다. 그냥 추위를 온몸으로 견디고 있을 뿐입니다. 모든 것을 놓아 버린 겨울나무에 봄이 오는 것을 보십시오. 얼마나 어여쁘게 옵니까. 그것은 모든 것을 놓아 버린 겨울나무가 회복해 낸 희망입니다. 놓을 땐 완전하게 놓으십시오. 그 순간 당신의 삶은 축복이 될 것입니다.

햇살 맑은 날에는

　　　　　　　언젠가 햇살 맑은 날, 열반에 드신 스
님의 운구 행렬에 참여한 적이 있습니다. 전나무 숲길을 걷는데
눈발이 날렸습니다. 맑은 햇살의 골을 타고 날리는 눈발이 마치
꽃잎 같았습니다. 운구 행렬을 뒤따르던 나는 손을 내밀어 꽃잎
같은 눈발들을 손에 담았습니다. 눈발은 손에 안기자 이내 사라져
갔습니다. 나는 그것을 떠나시는 노스님이 내게 남기는 마지막 설
법으로 받아들였습니다. '인생이란 그런 것. 그러니 방일하지 말
고 공부하라.' 그때는 그렇게 알아들었습니다. 그날의 분위기 탓
이었습니다.

　　햇살 맑은 날이면 떠오르는 구절이 있습니다. 어느 날 마조
스님이 편찮으셨습니다. 원주 스님이 묻습니다. "좀 어떠하십니
까?" 마조 스님이 답합니다. "일면불 월면불." '해부처 달부처'라
는 말이 참 재미있고 여유롭게 다가옵니다. 물론 선가禪家에서는
이것을 활구라 해 쉬운 접근을 허용치 않습니다. 하지만 내가 느

끼는 스님의 말씀은 따뜻하고 맑고 어떤 해학까지 엿보입니다. 몸은 아파 구름이 끼었어도 마음엔 언제나 해가 떠 있으니 아픈 것이 과연 무슨 상관인가. 대답을 마친 스님의 웃는 표정까지도 보이는 것 같았습니다. 선문답과는 십만팔천 리이지만 마조 스님의 말씀은 내게 그렇게 다가옵니다. 쉬운 해석이 이 말씀에 대한 사랑을 낳은 셈입니다.

산사에 산다는 것은 햇살처럼 맑아지고 따뜻해지는 것이라는 생각이 듭니다. 햇살이 오면 햇살이 되고 싶고, 꽃이 피면 꽃의 마음을 닮고 싶은 것이 산사에 사는 스님들의 마음이 아닐까요. 그렇게 따뜻하고 향기로운 마음이 곧 자비이기도 합니다. 저 햇살 속 나비 날지 않아도 나비가 나는 것만 같습니다.

옛 스님들 말씀이 정답

한파가 급습했습니다. 찬바람 새는 한옥에서 바람 없는 자리를 찾기는 쉽지 않습니다. 한옥은 밀폐된 가옥이 아니라 안과 밖이 통하는 구조이기에 때론 밖의 한기를 견뎌야 할 때가 많습니다. 입김을 불면 입김이 뽀얗게 날리는 방에 추운 겨울밤은 참 긴 것입니다. 하지만 우리 이보다 더 추운 집에서 살던 시절이 있었습니다. 해우소에 가면 바람이 차서 볼일 보기 힘든 시절도 지금 돌아보면 추억이 되곤 합니다.

사람은 조금 어려운 삶의 환경 속에서 인간적이 되는 것만 같습니다. 너무 편하고 부족함이 없으면 인간미가 사라져 버리게 됩니다. 그것은 자기만 생각하게 되기 때문입니다.

부족해야 타인의 어려움도 알고 타인의 아픔도 경청하고 공감하게 됩니다. 그래서 저는 너무 편하고 부유한 삶에 크게 매력을 느끼지 않습니다. 춥고 배고플 때 도 닦을 마음을 낸다는 말씀도 사람은 좀 부족해야 사람일 수 있다는 말씀과 다르지 않습니다. 조금 부족하고 가난해야 중심을 잡게 된다는 것입니다. 지나친 부나 편함은 중심을 잃게 합니다. 사람을 사람으로 존중하지 않고 부의 정도를 삶의 기준으로 삼으면 그는 이미 중심을 잃은 사람입니다.

조금의 불편과 가난을 우리 삶의 중심을 잡아 주는 지렛대라고 생각해 보십시오. 그러면 조금의 가난과 불편을 향해 고맙다고 말할 수 있을 것입니다. 바람이 한옥 사이로 더 크게 밀고 들어옵니다. 그래서 지난밤에는 잠을 청하는 대신 좌선을 했습니다. 옛 스님들의 말씀이 정답이라고 생각하며 말입니다.

다음 생을 꿈꾸는 사람들

태국 사람들은 가난해도 보시를 멈추지 않는다고 합니다. 우리의 상식과는 맞지 않는 얘기일 수도 있습니다. '가난한데 어떻게 보시할 수 있어?'라고 말하는 것이 보통 사람들의 생각입니다. 이 보통의 생각을 바꾸는 것이 불교의 힘입니다. 불교는 가난과 곤궁 속에서도 아름다운 길을 보게 합니다. 그래서 그들은 오늘 먹을 것이 없어도 그중의 일부를 떼어 보시합니다. 그것이 곧 희망이고 꿈이기 때문입니다.

잘 먹고 잘 살아도 꿈이 없으면 그 삶은 건조할 뿐입니다. 가난하고 곤궁해도 꿈을 지니고 있다면 그 삶은 존재의 풍요로움으로 넘치게 됩니다. 다음 생이라는 말이 공허하고 의미 없을 수 있지만 나는 다음 생이라는 말을 한없이 좋아합니다. 다음 생이 있기에 우리는 꿈을 꾸고 용서하고 오늘을 또 아름답게 걸어갈 수 있는 것입니다.

자극과 반응 사이

태국 공항에서 비행기 표를 받으며 비상구 자리를 부탁했습니다. 올라와 보니 그것은 여간 불편한 자리가 아니었습니다. 비상구의 돌출된 부분이 앞을 막아 다리를 뻗을 수 없는 구조였습니다. 마음속으로 화가 올라왔습니다. 순간 눈을 감고 호흡에 집중했습니다. 그리고 자극과 반응 사이의 거리를 발견하면 선택권을 가지게 된다는 말을 떠올렸습니다. 오 분 정도 호흡을 하고 신문을 뒤적였습니다. 눈에 띄는 읽을거리가 보였습니다.

그것은 사십 대에 파킨슨병을 앓게 된 정신분석 전문의와의 인터뷰 기사였습니다. 파킨슨병 진단을 받고 그는 절망에 휩싸였습니다. 하지만 오래 절망하고 있는 자신을 용서할 수 없었습니다. 그래서 다시 힘을 내어 환자를 돌보고 강의를 하고, 집안일을 하고, 책 쓰는 일을 부지런히 해 나갔습니다. 어느 날 밤 화장실에 가려고 했지만 코앞의 화장실이 너무나 멀게만 느껴졌습니다. 다리가 움직이지 않았기 때문입니다. 그는 화장실을 보지 않고 눈 아래 자신의 다리를 바라보았습니다. 한 발짝을 천천히 떼었더니 신기하게도 다리가 움직여졌습니다. 한 발짝 한 발짝 걸어 그는 마침내 화장실에 다다를 수가 있었습니다. 그 순간 그는 바로 '지금 여기'의 의미를 알아 버렸습니다.

그는 삶을 버티기라고 정의합니다. 버틴다는 것은 수동적인 것이 아니라 내면을 다스리는 것이고 미래로 나아가기 위한 부단한 노력이고 잘 버틴다는 것은 어떤 상황에서도 선택권을 잃지 않는 것이라고 말합니다. 무용지물이 되는 두려움을 떨치기 위해 웃음을 주는 환자가 되려 한다는 그의 말로 인터뷰는 끝을 맺습니다.

선택은 우리에게 다른 세상을 열어 줍니다. 그러나 그 선택은 쉽게 오지 않습니다. 자극과 반응 사이의 거리를 발견해 내는 사람만이 가질 수 있는 것입니다. 그 기사를 읽고 나는 좁은 공간의 불편함에 불평하던 마음을 잠재울 수 있었습니다. 눈을 떠 보니 인천공항에 곧 착륙한다는 안내 방송이 들렸습니다. 이렇게 비행 시간 내내 자 보기는 처음이었습니다. 신문 기사의 주인공이었던 김혜남 선생님이 무척이나 고마웠습니다.

소소한 즐거움

해가 바뀌었습니다. 신년이 되면 누구나 기원합니다. 나도 올 한 해의 소원을 빌었습니다. 소소한 삶이 내 삶의 기쁨이 되게 해 달라고. 차를 한잔 마시는 것도, 산길을 거니는 것도, 햇살 한 줌에도 기쁨을 발견하며 살 수 있기를 진정 소원했습니다. 내 주변의 소소한 것들이 기쁨이 되는 삶이라면 행복할 것이라는 생각이 들었기 때문입니다. 거창하고 원대한 것은 왠지 이 소소한 삶의 기쁨을 가로막는 그림자 같아 포기하기로 한 지가 오래입니다. 어쩌다 한번 만나는 기쁨이 아니라 날마다 만나는 기쁨을 찾자는 것이 내 삶의 지론이기도 합니다.

조선 중기의 학자 상촌 신흠은 그의 저서 『야언野言』에서 인생의 세 가지 즐거움을 이렇게 말하고 있습니다. "문을 닫고 뜻이 있는 글을 대하는 것이 즐거움이요, 문을 열고는 좋은 벗을 맞이하는 것이 즐거움이요, 문을 나선 후에는 마음에 드는 풍경을 찾아보는 즐거움이 인생의 세 가지 즐거움이다."

책을 읽고 벗을 맞이하고 풍경을 찾아 거니는 삶의 즐거움은 누구나 향유할 수 있는 것이지만 또 누구나 누리는 즐거움이 아니기도 합니다. 사는 것이 너무 빡빡한 사람들은 그럴 시간이 어디 있느냐고 할 테고, 큰일을 하는 사람들은 그런 것이 무슨 즐거움일 수 있겠느냐고 할 수 있습니다. 하지만 이 소소한 것의 기쁨을 알지 못한다면 사는 것이 즐거움이 되는 일 또한 없다는 것을 알아야 합니다.

올해는 좀 가볍고 즐겁게들 살았으면 좋겠습니다. 너무 무겁고 힘든 성취의 즐거움보다는 소소한 즐거움과 함께하는 한 해가 된다면 우리는 좀 더 아름답게 살아갈 수 있을 것입니다. 일출이 밝게 떠오르는 것은 소소한 즐거움에 눈을 뜨라는 의미가 아닐까요. 나는 한 해를 밝히며 떠오르는 태양의 이야기를 그렇게 들었습니다.

마음 닦는 수행만 열심히

범어사 행자 시절 한 스님을 만났습니다. 스님은 내게 『초발심자경문』을 가르쳐 주었습니다. 스님은 어느 날 내게 말했습니다. "먹는 것도 자유자재로 되고 몸도 자유롭게 쓸 수 있고 호흡에서도 자유롭지만 마음을 자유자재로 쓰지는 못한다. 마음만 자유롭게 쓸 수 있다면 그것이 곧 견성오도見性悟道 아니겠나. 그렇게만 되면 좋으련만 그것이 안되어서 좀 그렇다." 스님은 내게 호흡의 자재함을 보여 주겠다며 대야에 물을 떠오라고 했습니다. 물을 떠다 드리자 스님은 그 물에 얼굴을 담갔습니다. 나는 스님이 정말 호흡에서 자유로운지 호기심을 가지고 지켜보았습니다. 일 분이 지나고 오 분이 지났습니다. 그래도 스님은 얼굴을 들지 않았습니다. 물방울이 뽀글거리며 올라오는 것도 볼 수 없었습니다. 하지만 걱정은 하지 않았습니다. 스님의 말씀을 믿었기 때문입니다. 삼십 분이 지났습니다. 나는 스님에게 이제 그만 일어나라고 했습니다. 스님은 담갔던 얼굴을 빼고 나서 말했습니다. "시간이 얼마나 흘렀노?" 나는 말했습니다. "삼십 분 지났습니다." 스님은 내게 말했습니다. "신기하지. 나중에 내 너에게 가르쳐 주마."

나는 스님의 자재함을 배우고 싶었습니다. 그러나 그럴 기회는 서로에게 주어지지 않았습니다. 스님도 걸망을 메고 결제를 떠났고 나 역시 긴 공부를 위해 범어사를 떠났기 때문입니다.

몇 년이 흘렀을까. 어느 날 한 통의 전화를 받았습니다. 사중 소임자가 달려와 전화가 왔다고 알려 주었습니다. 쫓아가 종무소에서 숨을 몰아쉬며 전화를 받았습니다. 그전에 내게 신통술을 가르쳐 준다고 했던 스님의 도반이라며 내게 말했습니다. 그 스님이 오늘내일 하니 한번 왔으면 좋겠다고 했습니다. 나는 그날로 스님이 계시는 병원으로 달려갔습니다.

스님은 나를 보시더니 말했습니다. "내 너에게 신통 가르쳐 준다고 했던 말 취소할란다. 죽을 때가 되니 음식과 호흡과 몸이 자재하다는 것이 아무짝에도 쓸모없다는 것을 알겠다. 마음 자재가 안되니 앞길이 첩첩해 그 갈 바를 모르겠다. 그러니 마음 닦는 수행만 열심히 하거라. 내 이 말을 해 주기 위해 니를 불렀다."

나는 아직도 그 스님의 말을 또렷이 기억합니다. 마음에 자재해 견성오도하지 못하면 죽는 순간에는 그 무엇도 의미가 없다는 것을. 그래서 삼 일 닦은 마음은 천년의 보배라고 하지 않던가요. 말씀을 마치시고 일어서는 노스님의 등 뒤로 아침이 조심스럽게 밝아 오고 있었습니다.

●

걱정 가불

길을 물었습니다. 노인은 먼 곳을 가리킬 뿐 말이 없었습니다. 그곳에 가면 난 또 길을 물어야 합니다. 그곳에 가면 과연 길을 물을 누군가가 있을까? 나는 벌써 여기서부터 두렵습니다. 그냥 걷다가 그곳에 도착해 두려워해도 늦지 않은데. 우리는 왜 두려움을 가불하는 것일까요.

걱정은 곧 두려움입니다. 지금 가야 할 곳을 알고 있다면 두려워할 이유가 없습니다. 지금 이후의 일은 언제나 다음 문제일 뿐입니다. 다음 문제를 미리 두려워하지 맙시다. 그러면 그대는 아무것도 할 수 없는 사람으로 남게 되기 때문입니다.

어른

    저녁 공양을 마치고 방장 스님을 모시고 도량을 거닐었습니다. 햇살은 따뜻했고 바람은 부드러웠습니다. 스님은 탑비를 옮길 자리를 유심히 물색하시더니 물으셨습니다. "저 자리가 어떤가. 비각을 세우자면 저기가 좁지 않을까?" 스님은 다시 걸음을 옮겨 계곡 건너 박물관 앞에 서셨습니다. "여기는 어떨까? 박물관에 오는 분들이 많아 여기도 좋지 않을까?" 스님은 선뜻 결론을 내리지 못하셨습니다. 아마 좀 더 많은 사람들의 동의와 의견을 기다려야겠다고 생각하시는 것 같았습니다.

    햇살이 따뜻해서였는지 스님은 선방을 향해 계속 걸으셨습니다. 선방 앞에 서서 향나무 담을 보며 오래전 사연을 들려주셨습니다. "1975년도인가, 선방 수좌가 나를 찾아와서 말하더군. 담이 없으니 올라오는 처녀들의 다리통이 다 보여 공부가 안 되니 선방에 담을 쳐 달라고. 그래서 내가 그날 당장 키 크기 정도의 향나무를 사와 촘촘히 심었지. 그러다 겨울이 되니 나무가 너무 빽

빽해 답답하니 솎아 달라고 하더군. 그래서 그때도 아무 소리 않고 향나무를 솎아 주었지. 이게 그때의 향나무 담이야.”

선방의 쪽마루에 걸터앉아 스님은 법당 정면을 가리키며 말씀하셨습니다. “저기 석등이 있던 자리가 보이지.” 자세히 보니 기초석이 보였습니다. 그 자리에는 석등이 있었다고 합니다. 그런데 선방 스님이 포행을 하다 아마 몇 번 석등에 부딪쳤나 봅니다. 스님을 찾아와 석등을 옮겨 달라고 하자 스님은 두말 않고 석등을 옮겨 주었습니다. 하지만 석등을 숲에 옮겨 놓자니 시주가 마음에 걸렸습니다. 그래서 스님은 결제 철에는 석등을 숲에 두었다가 해제 때에는 다시 법당 앞에 모셔 두기를 반복했다고 합니다.

스님의 이야기는 봄날의 따뜻한 햇살과도 같은 것이었습니다. 대중과 함께 산다는 것은 대중의 마음을 헤아리는 것임을 스님은 말씀하고 싶으셨던 것입니다. 산중 어른으로 산다는 것은 이런 것 아닐까요.

선방을 내려오는 길, 축대 위에 옹색하게 자리한 백일홍 나무를 걱정하는 스님의 음성 뒤로 햇살이 줄지어 따라오는 것만 같았습니다.

지나간 것은 지나간 대로

꽃이 진 겨울 산사는 적요합니다. 하늘과 나목만이 정연한 산사를 거닐며 나는 문득 그 한때 아름다웠던 꽃들의 자태를 떠올립니다. 저 나목 사이 한 송이 꽃이 피어 있다면 얼마나 좋을까. 상상은 있음과 없음 그리고 시간을 뛰어넘어 나를 서성이게 합니다. 하지만 이내 마음을 돌립니다. 이 겨울에 꽃을 그리는 것이 얼마나 부질없는 일인가를 잘 알고 있기 때문입니다. 꽃의 계절은 지나갔고 지금은 마른 나목들이 서서 겨울을 견디는 것만으로도 벅찬 시간이기 때문입니다.

"만회할 수 있는 것이라면 무엇에 대하여 불행을 느낄 이유가 어디에 있는가? 만회하지 못할 것이라면 무엇에 대하여 불행을 느껴 무엇 하겠는가?"

『입보리행론』을 읽다가 만난 구절입니다. 우리는 사실 불행해야 할 이유가 없습니다. 만회할 수 있는 것이라면 만회하면 되는 것이고, 만회할 수 없는 것이라면 잊으면 그뿐이기 때문입니다.

그런데도 우리는 불행해합니다. 지나간 것을 지나간 대로 결코 놔둘 수 없기 때문입니다.

우리는 늘 이렇게 말합니다. "아, 그때 투자했어야 하는데, 그때 좀 더 열심히 공부했어야 하는데, 아, 그때, 그때…."

하지만 '그때'는 봄날의 꽃처럼 지금은 없는 때입니다. 그래도 우리는 '그때'를 벗어나지 못하고 일생을 두고 후회하고 괴로워합니다. 마치 만회할 수 없는 것을 후회하고 불행해하면 다시 만회할 수 있다고 믿는 사람들처럼 그때에 집착합니다.

그러나 집착은 언제나 불행을 낳을 뿐입니다. 지나간 것은 지나간 대로 그냥 놔두는 것이 좋습니다. 그것은 그때가 다시 올 수 없는 시간이기 때문입니다.

한번 흘러간 물에 두 번 발을 담글 수 없듯이 우리는 두 번 다시 그 시간대에 설 수 없습니다. 그때에 대한 안타까움은 곧 불행이 되고 새로운 시작의 길을 지워 버리게 됩니다. 내게도 물론 '그때'가 있습니다. 하지만 이제 나는 지나간 것은 지나간 대로 놔두려고 합니다. 나는 이제 그때가 아니라 '지금'이 더 소중하다는 것을 알게 되었기 때문입니다.

그 모든 날들이 내게는 특별한 날입니다.
특별한 매일을 사는 나 역시 특별한 사람입니다.

오늘 하루가 특별한 이유

　　햇살이 유독 투명할 때, 하늘이 유달리 명징할 때, 바람이 아주 부드러울 때, 당신이 너무 부드러운 표정을 짓거나 무안해할 때, 꽃잎이 이유 없이 순하게 질 때, 눈발이 소담하게 내릴 때, 아침 시골집 울 넘어 된장찌개 냄새가 구수하게 퍼질 때, 길가에 강아지가 나를 보고도 짖지 않을 때, 아침 커피 한잔에 입가에 미소를 그릴 때, 이유 없는 그리움에 문득 하늘을 바라볼 때, 아침에 라디오를 켰는데 마침 익숙한 노래가 나와 지그시 눈을 감을 때, 아침을 밝히는 여명이 산마루에 순하게 걸릴 때.

　　그 모든 날들이 내게는 특별한 날입니다. 특별한 매일을 사는 나 역시 특별한 사람입니다. 내 옆에 있는 당신도 아주 특별한 분입니다.

그냥 놔두는 것이 좋습니다

원왕생 원왕생 …
구법승들이여, 이제 환하게 웃으소서

　　오일 째 되는 날 우리는 그 유명한 돈황 막고굴에 도착했다.
서안에서 막고굴까지 걸어서 얼마일까. 돈황 이후는 서역이라고
했다. 나는 그 거리의 아득함에 눈을 감았다. 헤아릴 수 없는 거리
의 고행을 그려 보기 위해서였다. 그리고 보면 구법은 얼마나 놀
라운 가치인가. 삶은 가치를 추구하는 것이라고 돈황은 말하고 있
었다.

　　막고굴이 만들어진 시기는 355년 경으로 추정되며 승려 낙준

이 석굴을 파고 불상을 조각한 것을 시작으로 천여 년에 걸쳐 조성되었다고 한다. 우리는 그중 여덟 개의 굴만 볼 수 있을 뿐이다. 안내자의 통역과 불빛을 따라 만나는 돈황 석굴의 전경들. 그 불빛이 마치 시간의 저편을 비추는 것만 같았다. 채색의 아름다움과 사라짐. 보존은 아름다움을 간직하는 것이고 훼손은 잊히는 것이라는 것을 석굴은 말해 주고 있는 것 같았다. 우리는 얼마나 많이 자신을 훼손하며 살고 있는가. 탐욕과 분노와 어리석음으로 날마다 자신을 훼손하며 사는 것이 우리들의 삶이다. 왜 자신의 진정한 가치를 보존하지 못할까. 본래 맑고 본래 청정한 그 마음의 자리를 이탈하는 이 삶은 진정 누구를 위한 것인가. 훼손된 내 모습이 어두운 천장 한 켠에서 글썽이고 있는 것만 같았다.

명사산 모래 언덕을 맨발로 올랐다. 모래가 우는 산. 햇볕이 따가웠다. 맨발로 모래 산을 오르며 하늘을 보았다. 하늘이 눈부시게 푸르렀다. 구름 한 점 없는 하늘. 그것은 사막과 대조를 이루는 또 다른 푸른색의 사막이었다. 쉬어 갈 구름 한 점 없는 하늘. 저런 하늘이라면 새들도 목마를 것만 같았다. 명사산에 오르면 하늘과 땅의 경계를 확실하게 알게 된다. 명사산의 선을 따라 하늘을 배경으로 사진을 찍으면 하늘과 사막은 분명한 선의 경계를 갖게 된다. 나는 그 경계에 맨발로 서고 싶었다. 그러나 다가갈수록 선은 자꾸만 사라졌다. 경계를 찾아가는 나는 목이 말랐다. 인생을 산다는 것은 그런 것이 아닐까. 사막을 걸어가는 낙타와 무엇이 다를까. 우리는 언제나 목말라하지 않는가. 그 마른 목의 아픔을 부여잡고 뚜벅뚜벅 걸어가는 것이 우리들 존재의 모습이기도 하다.

새벽 투루판 역사에는 비가 내렸다. 투루판은 사막 지대이다. 거의 비가 없다고 한다. 그런데 우리가 기차에서 내리는 새벽에 투루판에는 비가 오고 있었던 것이다. 감로비였다. 스님들은 가이드의 설명에 즐거워했다. 물을 찾아 투루판 사람들은 땅을 파고 또 땅을 파야만 했다. 오 미터 간격으로 땅굴을 파 나가며 천산의 만년설이 녹은 자리까지 올라갔던 사람들. 카레즈라 불리는 지하 수로가 그들의 생명줄이었다. 물은 그들의 생존을 위한 피와 땀의 결실이었다. 투루판은 오늘날 가장 유명한 포도 경작지가 되었다. 나는 투루판의 포도를 맛보았다. 오직 태양의 열기로만 익힌 탓인지 그 당도가 혀끝에 오래 남았다. 나무 그 자체에서 건포도가 되어 버린 포도의 맛이란.

그날 우리는 화염산 찾아갔다. 화염산은 아직도 불길이 식지 않은 듯 붉었다. 손오공이 불을 끈 지도 오랜 시간이 지났건만 화염산은 여전히 그 불길을 안에 품고 있는 것만 같았다. 삼장법사의 발이 데일까봐 손오공이 파초선을 불어 불을 끄는 모습이 귀엽게 그려졌다. 서유기 세트장을 지나 화염산 아래 천불동에 도착했다.

베제클리크 천불동에서 나는 한 악사를 보았다. 악사는 회교도였다. 그는 악기를 연주하며 함께 사진을 찍게 되면 그 돈으로 연명하는 사람이었다. 나는 그에게 일 달러를 건네고 그의 악기와 모자를 빌려 쓰고 사진을 찍었다. 그의 음악은 경쾌했으나 애잔했다. 마치 그의 삶을 닮은 것만 같았다. 타클라마칸 사막 경계에 위치한 이곳에서 그 누구의 삶인들 낙타를 닮지 않을 수 있을까. 나는 적어도 그보다는 환하게 웃었다. 나는 곧 이곳을 떠날 사람이고 그는 남아 있어야만 하는 사람이었다. 그 차이가 웃음에서 드러나는 것만 같았다. 언제나 떠날 사람으로 남는다는 것이 이렇게 좋은 일이라는 것을 나는 악사를 통해서 보았다.

인생에서도 우리는 떠날 사람이기에 훠이 훠이 살아가고 있는지도 모른다. 떠날 기약이 없다면 인생이란 얼마나 불모의 사막일까. 육신의 영생을 바라던 진시황은 떠남의 미학을 모르는 우매한 사람일 뿐이다.

우루무치의 천산은 내 이번 여행의 종착지였다. 북경이 남았으나 북경은 이번 여행을 마치고 돌아가기 위한 플랫폼일 뿐이다. 천산에 들어 나는 천산의 만년설을 보았다. 오천사백사십오 미터의 눈 덮인 보거타봉의 웅대함. 산은 만년설로 눈부셨다. 만년설은 뜨거운 태양 아래서도 결코 겉에서부터 녹아내리는 추함을 보이지 않는다. 만년설은 속으로부터 녹아내려 투루판의 포도를 키우고 사막에 오아시스를 이루었다. 만년설의 녹아내리는 물은 만년설의 자비였다. 그 물길이 있어 사람들은 실크로드를 향해 걸어갔고 돌아왔고 머물렀다.

얇은 승복을 파고드는 바람이 찼지만 나는 그곳을 내려오고 싶지 않았다. 그곳의 태양과 바람과 먼 산의 만년설이 내 손목을 잡는 것만 같았기 때문이다. 내 모든 세포들이 일제히 천산을 향해서 경배를 올리는 것만 같았다. 천산의 눈부신 반짝임 앞에서 우리는 합동으로 실크로드에서 사라져 간 구법승들을 위한 위령재를 모셨다. "원왕생 원왕생 왕생극락 견미타………. 나무아미타불, 나무아미타불." 맑은 영혼들이 햇살의 눈부심이 되어 하늘로 올라가는 것만 같았다. "잘 가소서, 잘 쉬소서. 세상의 한 길만을 걸었던 이들이여! 그 발길을 되밟으며 진리는 돌아왔고 마침내 연꽃으로 피어났으니 이제 환하게 웃으소서." 천산의 만년설이 하늘로 날아오르는 것만 같았다.

여행은 풍경을 따라 엷어지고 깊어지는 마음을 보는 일이다. 나는 얼마나 넓어지고 깊어졌을까. 나는 나만의 실크로드를 꿈꾸며 떠났다. 그리고 이제 돌아왔다. 실크로드는 지금 내게 있는가. 없는가. 살아가면서 나는 절망과 희망 속에서 나만의 실크로드를 만날 것만 같은 예감이 든다. 그것은 있으나 있는 길이 아니고 없으나 없는 길 또한 아니다. 나도 역시 그 길과 궤적을 같이 한다. 아, 무한정 떠났던 그 길의 자유가 투루판 포도의 단맛처럼, 천산의 만년설처럼 내 영혼의 한 구석을 맴돌고 있다.

괜찮아,
나는 나니까

성전 스님이 전하는 희망의 토닥임

초판 1쇄 발행   2016년 3월 23일
초판 3쇄 발행   2017년 1월 20일

지은이   성전
그린이   나요

펴낸이   오세룡
기획 · 편집   박혜진 박성화 손미숙 이연희 최은영 김수정
디자인   권진희 고혜정 최지혜 김효선
홍보 마케팅   문성빈

펴낸곳   담앤북스
            서울시 종로구 사직로8길 34(내수동) 경희궁의 아침 3단지 926호
            대표전화 02)765-1251   전송 02)764-1251   전자우편 damnbooks@hanmail.net
            출판등록 제300-2011-115호

ISBN   978-89-98946-86-9 (03810)

이 도서의 국립중앙도서관 출판예정도서목록(CIP)은 서지정보유통지원시스템
홈페이지(http://seoji.nl.go.kr)와 국가자료공동목록시스템(http://www.nl.go.kr/kolisnet)에서
이용하실 수 있습니다. (CIP제어번호 : CIP2016005936)

정가 14,000원